新丝路文库

一条不容低估的文学带

[土耳其] 哈坎·比恰克奇 著
白玮琪 译

暗房

Karanlık Oda

Hakan Bıçakcı

上海文艺出版社
Shanghai Literature & Art Publishing House

新丝路文库

编委会

(按姓氏笔画排列)

冯植生　　张晓强　　林洪亮　　高　兴
曹德明　　蔡伟良　　薛庆国　　穆宏燕

目　录

第一部分 ·· 001
　我睡着了 ·· 001
　但水蒸气仍旧从我的嘴里冒了出来 ·········· 004
　我端着的汤匙开始战栗 ··························· 006
　请给我原味的 ·· 011
　他的脸转向墙壁 ······································ 013
　他们说我的长相不同寻常 ························ 016
　我再次按下手柄 ······································ 018
　仿佛氧气耗尽了 ······································ 021
　噼啪声还在继续 ······································ 023
　我用指尖按下它 ······································ 025
　我再次闭上了自己的眼睛 ························ 028
　瞬间，我对一切都厌恶起来 ···················· 031
　回到起居室 ·· 033

我细看起来 ·· 035
　　我恶心得咳了起来 ······································ 039
　　早上一次，晚上一次 ···································· 042
　　印记在增加 ·· 046
　　像是真的 ·· 049

第二部分 ·· 054
　　有天赋，但资质平平 ···································· 054
　　我跟在它的身后 ·· 058
　　每一夜都是相同的花样 ·································· 061
　　一场意料之外的相逢 ···································· 064
　　多彩的纸片正掉落到我们的头上 ·························· 067
　　我被困在这儿了 ·· 071
　　我点上香烟 ·· 075
　　我穿着鞋子躺在床上 ···································· 077
　　尽管她的头上盖着塑胶鞋套，仍然性感 ···················· 081
　　你的前面不会有一头得了狂犬病的狗吧？ ·················· 085

第三部分 ·· 088
　　中间位置上画着一座小彩虹 ······························ 088
　　店外在下着雨 ·· 092
　　去占卜的人们神情沮丧 ·································· 095

起居室里散满了摄影杂志和书籍 …………………………………… 097
我加快了自己的步伐 …………………………………………………… 100
我感到窒息 ……………………………………………………………… 105
伴随着眨眼 ……………………………………………………………… 109
抑或只是一碗汤？ ……………………………………………………… 114
空荡荡的起居室里并没有别的家具了 ………………………………… 118
芭比变成了一具僵尸 …………………………………………………… 121
在同一张并不舒适的沙发上 …………………………………………… 123
我感觉成了一个完全不同的人 ………………………………………… 127
肌肉丝毫未动 …………………………………………………………… 131
直到我的脑海里不剩下哪怕一丁点的、会被他人读取的思绪 …… 133

第一部分

> "当所有人清醒时,他们同处一世;但当他们中有一人睡去时,所有人便进入了他独属的世界。"
>
> 普卢塔克(约公元 46—120 年)

我睡着了

我睡着了。感觉有人用手指有节奏地戳我的肩、弹我的头。刺骨的黑暗……难受的椅子……疼痛的背部……僵硬的脖子……干枯如骨的嘴……发麻的颧骨……闷热得不行……所有一切如梭般结合,构成这转瞬即破的瞬间,我猛然惊醒。错误的时机,碎片式的拼凑,如同错置的骨骼……我掰扯自己的脸颊,远离那凛冽的窗户表层。为防止继续发颤,我把 T 恤塞进了裤子,迅速拉上了毛衫的拉链。拉链滑出的声响,犹如一部迷你赛车从两耳驰骋而过。我身上的影子监视着我,见我身体发出动弹,手指便停止了戳动。

"伙计,我们到终点站了。我打算从这儿搭车去停车场。"

他手指尖的触觉弥留在我的右肩，玻璃窗的寒意也未曾远离我的左脸颊。我站起来，没有看他的脸，只从眼睛的余光瞥到那局部的深蓝衣服，那官腔的蓝色……我浑身发僵，尤其我的颈部……找不到背包的那一刻，我吓得身体发直。随后，当我发现它正对折躺在自己的脚边时，我松了口气。我拽起一根背带，将它抡在肩上。一个长长的哈欠，眼睛流出泪来。醒来时，我在一部巴士里，但不知巴士身在何处。可我仍然觉得自己已经远远过了该下的站点。就像公务员没听见闹钟，过了上班时间几个小时才醒过来……阴郁与安宁的感觉搅在一起。

外面，漆黑一片。我迈着机械的步伐走向中门，门紧闭着。我飞步向前，在这部被弃的巴士里，举步踉跄。座椅空无一人，墓碑鳞次栉比，在我惺忪的眼前，一行、一行延伸开来。旅程抵达了……是最后一站……"伙计，我们到终点站了。"背后的司机，仿佛是黑黢黢的存在。好像一名守墓人，一位穿蓝衣衫的死亡天使，一只能言善辩、却埋葬在不祥的沉默中的巨型乌鸦，他等待着人们的离去，好与无人的座位所发出的污气独处。他甚至好像连呼吸都没有了。我一路焦虑地迈着步伐，移动自己的身体，压迫着愈发强烈要回头一探的欲望，将自己的身体拽出了前门。

离开阴暗的回廊，我进入至一片无以名状的漆黑中。巴士屏息着，等待着。它休眠了……绷紧着……沉默着……临时车站并无灯光，哪儿都不见区名。对巴士站的原始气息，使我确凿了自己的直觉——这里一片荒芜、人迹罕至。战栗的我意识到这些之后，身体伴随着微弱的惧意为之一颤，我已经离开城市很远了。面前的陋室，距离曾经灯光通明，粉饰上漆，时髦漂亮，广告位、地图、座位区、区名清晰可历的车站模样，已有二十年之久了。这辆空旷的巴士将我留在了二十年前的当下,巴士一记抽搐,发动起来,朝向一个更为久远的年代,沉甸甸地驶离而去。我舒出了刚刚不知不觉紧憋着的那一口气。

  我在一隅没有光照、样貌丑陋、与世隔绝的室内。一个哆嗦,我望着巴士渐远的光影,那是我与我所在之间唯一的联系了。我将毛线衫的拉链推至喉咙。按下紧扣在右腕上的卡西欧塑料手表按钮。看了看表盘上骇人的、发出蓝绿光的时间显示。四下无人的处境既叫人安慰,又令人不安。我的左脸颊因为巴士窗玻璃的凛冽寒意,继续发出刺痛来。骨头仿佛融合到了一起。胃部因为饥饿而生疼,眼睛在灼烧,背疼得离奇,后脖颈发僵。我扭了扭僵硬的脖子,感到一阵沉重,我只想在温暖的床铺上躺下、睡去。这横亘在我与床铺之间晦涩不明的、神秘的、可怖的距离,还有满满的惧意,在身体里回响。

  我必须到哪里去吃点什么,然后回家。我看向那些路标。发锈了,东倒西歪。上面的文字似乎是我不懂的语言。伸手不见五指的道路彼此陇合……我不清楚家在哪儿。周围没有出租车,也并无它出现的可能……没有一样东西在动。我转身回过头,好像在看一张没有意义的照片。巴士也已开走了,车站是我与我所知的世界之间最后的联系了,我不知该去哪儿。前方有几处街口,宽度相同……我决定试试那条最明亮的路。比起制定决策的人类,我更像是一头心随直觉的动物。我加快了脚步。街口两旁的墙体,涂鸦触目皆是。大堆字母,环环相扣……杂乱无章……句子、单词、数字、字母、标点符号……混作一团……

运动鞋随着我的脚步无声而移。我思忖,"我好像不在这里,只不过有人想象我栖居这里。某个我看不见脸的人……"仿佛我从后面,透过他们的眼睛看向自己。一个渐行渐远,渐远渐弱,愈弱愈模糊的背影……朝向那满目字母的墙……我想迅速转身回望,却没有勇气。我继续走着。缓缓消融在这绵藏于涂写文字里的黑暗。

但水蒸气仍旧从我的嘴里冒了出来

我行走着,希望找到一个还在营业的店家弄些吃的。然而,所有地方看上去都一副几年前就已关张了的模样。仿佛里头的灯火不会再亮了,门也永远不再开了。一家歇了业的理发店……在它旁边是歇了业的蔬果店,在旁边是歇了业的文具铺……正对面是歇了业的咖啡屋……我仿佛置身于一部拍摄计划被取消的劣质电影的布景中。我移动在阴郁昏暗、搭成街区模样的景片间,因为懒得拆卸拖走,景片们被原样留在了那里。天并不冷。但水蒸气仍旧从我的嘴里冒了出来。电影特效。我固执地行走着。没有放慢速度。我不知道如果自己停下来会做什么。歇了业的肉铺……紫色和白色的肉条悬在冰冷的挂钩上……歇了业的台球室……歇了业的照相馆。

半通明的橱窗里,印满了街区住户的大型海报,它们被无序地摆放着。一对夫妇……他们脸上,有种特意令人恼火的幸福神色。巨大的婴孩面庞……笑盈盈得叫人垂涎。双眼仿佛凑到一块儿。穿黑衬衣的少年被淹没在了发胶里。他的黑头发如同蟑螂般闪耀着。蓄着胡子、秃顶、圆脸的男人。他穿一件带马球衫领子的栗色毛线衫。紧挨着他的,是一对双胞胎。

他们微笑时表情几乎一模一样，穿一样的 T 恤，在镜头里，相同的比例。另一对夫妇……这对与那对，年龄上大相径庭。还有套着切包皮手术专用服的金发男孩。一副蠢相……另一对夫妇……穿浅灰色亮面材质西服、笑得腼腆的男人。没有自信的照片。裹着头巾、过分装扮的女人……

　　这个地方的人们……当地人……我刚刚降临在他们的岛屿上。巴士撞上海滩，冒起了烟，我是唯一一个在深度睡眠时被吵醒、从巴士上获救的乘客。残骸里的飞行员被撞得粉碎，被卷入到漆黑一片的海浪中。他的蓝衬衫，血迹斑斑。巨大的乌鸦开始在他的头顶盘旋。而我，还活着。我看着岛上的居民。他们都沉沉睡去。他们从床上爬起，如同梦游一般，睁着好奇的瞳孔。他们在观察我。他们凝视着我的眼睛。却没有一人看到我。在护目镜之下，他们睡着了。他们并未察觉到，我如同一条饥肠辘辘的流浪狗，徘徊在他们的邻近。眼下……每过一秒，他们醒来的几率便会增加。隔在窗落与街道间这层甚为精美的玻璃要碎落，只是时间问题。我试着一声不发。

　　我又走了一阵子，几乎什么都没遇上。直到我看到一张同样的照片按固定间隔被悬挂在灰色的电线杆上，大部分杆子的顶上没有灯光……我停下脚步，注视起来。一位样貌羞涩、身着黑白衣服的女性被重复印制在 A4 大小的纸上，底下歪歪扭扭地写着"失踪"的字样。乌黑一片的照片背景与夜色的漆黑交织在一起，她在照片上显出纯洁的白色。她仿佛是个悬在空中的鬼魂，飘离了照相馆橱窗里那些人物所属的世界。我重新开始行走。因为同样的照片持续性重复出现，我感觉自己仿佛正在追赶一只背对着我飞离的失落鬼魂。一只腰部以下空无一物、在黑夜中仰泳的幽灵。它越是逃，我越是追赶。我在急速前进。或许在向着一处陷阱……与此同时，我露怯的双眼不断检视方才行走过的道路是否仍在原地。我加紧了自己无声的脚步，迈起快步，这步伐让我的内心同时充斥了对迷失的恐惧，和对找到一个能吃上东西的地方的希望。

一家童装店的荧光灯打破了这绵长的黑暗。店铺里战栗的灯光，带着引人恐慌的疑念，照亮了被弃置在关张的店铺外那些神情呆滞的儿童人体假模。儿童遭到痛揍，手脚分离，头骨稀烂，塑料儿童一丝不挂……有些立起，有些偃仰……仿佛随时可以活动，如唤起照相馆橱窗里的人。雾霭白雪背后，半具儿童假人也能被隐约看到。上半身踪迹难寻，只剩腿和臀，失去下半身那迷失的游魂已经离开这儿一段时间了。我哆嗦着，穿过这白色的迷雾。

再远一些，一部靠小额零钱运作的口香糖贩售机已成破烂。里头被清空了。玻璃被震碎了。斜倒在人行道的路缘上，狂热地诉说着幸福、枵然、富饶的往事。我把闪烁的荧光灯抛之身后，继续走，身后没有一丝生命的迹象，道路似乎永无尽头。

我端着的汤匙开始战栗

在这漫长如两小时半的十七分钟行程中，唯一出现在我面前的活物，是一只黑白的独眼猫，黑色居多。它直直地站在那根显然变了形、发出暗淡灯光的街灯柱下。我从自己的肩部松落下一根背包带，不愿惊到它。我一边轻声地拉开背包拉链，一边透过余光确保它不会逃走。我把手掏入背包，突然，它纵跃而去，与黑夜合而为一。我迅速拉上背包，把松垂下来的背包带，重新绕上肩部，继续行走。

片刻，我经过一家被荧光灯照得晃眼的小餐厅。在这漫长的夜幕过后，它如同出现在沙漠中的水洼，令人耳晕目眩。橱窗上贴着鳞光闪闪的菜肴名字，用橙色荧光纸剪贴字母而成。有些字母下落不明，有些字母被错置了。橱窗里有一个中年人。有那么一片刻，我没有发出任何动静，注视着这名短发男子在荧光字母背后的举动。现在想来，他是在洗碗碟，脸在字母与字母之间依稀可辨。身体里有一个我，想要去那家餐厅，而另一个我，则对它敬而远之。不知不觉，我发现自己正携着恐惧，从自己的身后看见自己仿佛一头饥饿的动物，无所畏惧地向前移动着。我矗立不动。它正朝着满是字母的橱窗移动。它闯入的模样，仿佛是要与这些字母交融在一起。

大理石餐桌上空无一物，我来到其中一张前。塑料制的盐罐和胡椒罐……被当作纸巾用的单薄而微黄的纸……我卸下自己的背包，坐在一旁的椅子上。腿开始发疼。穿着海军套头衫的侍应生，以蜗牛的节奏向我走来。

"晚上好。有什么汤吗？"

"有的，哥们，小扁豆汤，番茄汤。"

"小扁豆汤，麻烦。"

我边等，边从自己的座位上，由下往上倒过来念窗玻璃上发荧光的文字。好像有人正从窗外注视我,我向窗外窥探了一下,并没有人。倦意渐渐散去。侍应生无声无息地走开了,很快便又端着冒热气的汤回来了。他把金属碗放在我面前的金属盘子上,在我对面坐了下来。我从旁处浅蓝色塑胶盒里取了四分之一的面包条,又从面包的底部掰下一瓣来。我用余光看着这个在热汤气后面呆若木鸡的男子,他呼吸时有那微弱的口哨的声音从他的鼻子里传出。喝了几口汤,我抬头,看着这个一直坐在我对面的男人。

"我要告诉你关于你的梦境续集吗?"

"你说什么?"

"你好好喝你的汤,我来同你讲讲你梦境的续集。"

"我打算喝完这个,然后赶紧离开,哥们,什么梦境,什么续集?"

"你被打断的梦境的续集,有个巴士司机戳你……"

"我这口汤喝急了,烫到了自己的喉咙。"

"你本该料到的,哥们,为什么就突然从梦境里离开了呢?"我的整个身体顿时剧烈颤动起来。"

"是的,有续集的。在你的脑海里,像这样……你喝你的汤,亲爱的哥们,我来说我的。但你喝汤的同时得留心听我说。否则会是个遗憾的,不是吗?为什么不让梦做完整呢?"

我端着的汤匙开始战栗。我又喝了一口汤,想象着这个沉默的男人说:"哎,快点儿,如果你不喝完,我不会告诉你的。"

"好多了……在你的梦境断片的时候,你家的门铃响了,在最激动人心的时刻。它继续延展下去：你打开门。是艺术展上当班的……秃顶男人……手上拿着一件巨大的扁平状物品，用褐色纸张包裹着……你撕开纸，发现是你喜欢的画……他给你送来了。他想把它当作礼物给你，你高兴坏了。但是，只有满足一个条件，他才会给你。再来一碗汤吗？"

"好的。"

倦意渐渐散去。侍应生无声无息地走开了，很快又端着冒热气的汤回来了。他把金属碗放在我面前的金属盘子上，在我对面坐了下来。我从旁处浅蓝色塑胶盒里取了四分之一的面包条，又从面包的底部掰下一瓣来。我用余光看着这个在热汤气后面一动不动的男人。他呼吸时，有微弱的口哨似的声音从他的鼻子里传出。喝了几口汤，我抬起头，看着这个继续坐在我对面的男人。

"我说到哪儿了；只有满足了一个条件，他才会给你。他想要回那个空了的苏打水瓶子。瓶子已付过押金。你很难过，因为你把瓶子丢了。但你继续耍小聪明。实际上，你到了厨房，打开冰箱门，思忖道，"老兄，我连做梦都还在耍小聪明呢。"冰箱里，同样的苏打饮料。你打开瓶盖，把里头的东西倒入水槽。所以别人不会以为它是从冰箱里拿出来的，你把它塞进自己的T恤里，捂在自己的肚皮上。就在这时，你醒了过来。你的T恤有点儿翻了起来，肚子上有一股冷风在吹，是从巴士的天窗吹进来的。"

我把第二碗汤也喝完了。我想要尽快摆脱这个侍应生，他的故事在我看来没头没脑。他也许疯了。不是吗？我被他的思路搅得不知所措。汤妙极了，让我的胃舒服了许多。最后，我吃饱了。

"好好享用。我很高兴你喜欢这汤。要苏打水吗?"

"不,我要买单,然后走人。你有可能叫上一辆出租车吗?"

他匆匆瞥了一眼他那硕大的金表。

"这个点你找不到的。只有在早上。而且也没有从这儿出发的出租车,再过去,到广场那儿有个巴士站。"

"我知道。我从那儿过来的。"

"我一个人住。就在楼上……我可以在地板上给你铺个床,如果你乐意的话。你可以早上起来,大白天里舒舒服服地走。这个点上,这地方会有危险。就像我跟你说的,你找不到出租车的,或是别的什么。"

"不,我要离开。"

"来楼上打个小盹儿吧,我的哥们。不管怎么说,看看现在几点了。天亮了你就走。这个点,我们这儿什么都没,就是会有一些惹麻烦的人。听我的。"

他说最后这句话时,声调古怪,好像是从哪儿照搬读的样子。我开始变得不安起来。我想要离开这里。但是一看到店外的情景,我又一次畏缩了。

"谢谢,我会找辆汽车,或是别的什么,总会有法子的。"

"你找不到的,但我能说什么呢,你最清楚自己怎么想的。"

"我得给你多少钱?"

请给我原味的

　　我在一个艺术展上。四下宽敞，白色墙面上挂满了大幅的画作，简单配了画框。我一幅接一幅地观赏着。过了一会儿，我意识到自己并没有在走。在我的脚下有一部正在移动的走道。我没有迈步，却自动向前移动着。当我看着画作从我茫然的眼前掠过时，它们中的一幅，深深引起了我的注意。我开始朝着传送走道的反方向迈起步来，好站在这幅画前，探究它的细节之处。随着身体的移动，墙面上的画作变得扭曲起来。色彩、人物、线条，迅速吞并在了一起。如果我听凭自己的身体随传送走道的流向发生移动，画作便会恢复原样。图形们再次各归各位。但它们开始朝远处去了。我意识到，在这样的处境下，我无法好好审视这些画。我在走道上站定不动，一边看着画作渐渐变小。与此同时，我从余光看到从我面前经过的其他画作，唯有那幅画颇为与众不同。当我与走道逆向而行时，其他的画作不会像那幅画般扭曲变形。随即，我记起自己带着相机。艺术展的光头负责人坐在桌前，离得并不远。我来到传送走道的尽头。下了走道，我询问起那个坐在目录册子堆里的男人。

　　"打搅了，我们可以拍照吗？"

　　"不是所有画作都可以，先生，其中一些是可以拍的。"

　　我指了指那幅画。"那幅红底的，从倒数第四幅数起……"

　　"恐怕这幅画是禁止拍摄的。"

　　"我知道了。那么，你有苏打水吗？"

"当然，要哪一种？"

"请给我原味的。"

他弯下身，从桌底下拿出一瓶苏打水来，打开盖子。他抿了一口，然后递给我。我也抿了一口。先是我喉咙的后侧，再是我的整个喉咙，感到凉意沁人。我一边往家走，一边喝着苏打水。我把空了的瓶子丢进垃圾桶，继续前进。我进到家里，脱掉鞋子。有人正在敲门。

我醒了过来，仿佛是从一片极为幽深的水域里浮起来。我感到昏沉极了。我慢慢睁开眼睛。我身处在并不熟悉的黑暗里。有那么一会儿，我想要弄明白自己到底在何处。倦意如潮，还未退去。过了一会儿，我想起自己还在侍应生的屋子里。当我回忆起来，却没有如释重负。我的双眼还没有适应这片黑暗。我可以辨识出屋子里的家具了。门半掩着。我站起身，蹒跚地走向窗户。我的脑袋抵着窗玻璃，向外张望。侍应生在屋外。在街上……他穿一件类似于田径服的外套，正在街灯下与一个男人说着话。那个男人喷了偌大一口香烟。他的脸被灯光照得鲜红。我的血液凝固了。我按下卡西欧手表上的荧光灯。才早上 4 点 12 分，他们能在屋外说什么呢？他们在谈论我。即使我不愿意这么想，但还是忍不住。我困极了。眼睛连半睁也做不到了。但我没法像一只献祭用的羔羊那样上床睡觉，等待命运的降临。我坐在床尾，试图让自己的大脑清醒过来。是现在离开，还是等早上离开这屋子更危险呢？我看着微敞的门。基本不可能。我躺在床上，看着天花板，决心等待早晨的到来。好像守夜人一样……我的眼睛时不时地合上。如此沉重的倦意并不寻常。是不是他在汤里下了药，还是下了别的东西？就在我要睡过去的一刹那，身体突然一惊，意识恢复了过来。

当我再次睁开双眼时，太阳恰要升起。我还没有睡够。在所有事情中，侍应生同人在屋外说话的情景率先回旋在我的脑海中。田径服的面料。被香烟发出的火光映射的面庞。紧接着，是侍应生告诉我的梦境续集……我记不得做过这个梦了。但是，在这张地铺上，我梦到了这个梦境的开始部分，而梦的后续部分是由他说给我听的。"有这可能，"我安抚自己。我想到，或许是这个侍应生疯了。可我睡在这么一个人的屋子里，必然也是疯了。姑且不论他在屋外与人说话，以及我确信他们在谈论我。那他是如何知道，我醒过来是因为巴士司机戳我的身体呢？我已经精疲力竭了。我没法叫自己的大脑保持清醒。我闭上了灼热的眼睛。

他的脸转向墙壁

我醒了过来，看向房门处。门关着。我确信在夜里，曾见它半敞过。我甩开被子，四下张望。我看看自己的手臂，大腿，我的正面，我的后面……我完好无损。我的腰部和其他器官都原封不动。我尽量让自己别再睡着。知觉迟钝。我想方设法睁着自己的眼睑。太阳高挂。必是清晨的时分。我浑身发痛。脖颈的僵硬缓解了下来。但背部更疼了。

我环顾着一间刷了蓝色、丑陋、寒冷、半昏半暗的屋子。有那么一会儿，我因为害怕自己的背包不见了，就在我躺着的原地，身体发了僵。我焦虑不安地看向房间四周。床铺在角落里。一个在其他国家常见的深绿色圆点，……墙壁上挂着模糊不清的东西。月历，足球队海报，另一张海报……半裸的女人……我保持一动不动，在平躺的地方看了一会儿天花板。

我一动不动地躺在地铺上，它叫我想起童年时在别人家过夜的情景。一边看着电视，一边吃着水果……主要有苹果和橘子，肥皂剧和竞猜问答节目……男人们受到拉克酒①的影响，先瘫下了……女人们多熬了一会儿，在调了静音的电视机前喋喋不休……我一边试图在地铺上睡觉，一边听着房间里传来的声音……早晨，伴随着女人们准备早餐时的说话声音，醒了过来……茶匙的声响侵扰了睡眠……夜里褪下的裤子和 T 恤折好了摆在椅子上。袜子在地板上。我起床，穿上地板上的袜子。套上折好，放在椅子上的衣服。我把背包悬在了肩膀上。我打开了门。

狭窄的走道半明半暗，尽头处的房间里传出古怪的说话声。粗声粗气的……白色木门微微张开。我静悄悄地靠近，设法叫别人看不到自己的身影。支支吾吾的句子和奇怪的重音……我的双腿有一种想要跑得远远的冲动，沸腾难耐。虽然尚未受伤，但我仍然应该保护自己。至于我的耳朵，在很久之前，就已经被这微开的门所吸引。在我离开之前，我必须弄清楚这个男人到底在说些什么。耳朵胜过了双腿，大概因为它们更靠近大脑。我的胳膊腿怀着嫌恶之情，听从这两瓣好奇的肉皮，不情愿地朝门靠拢过去。我渐渐开始听明白这支吾说着的是些什么话了。

"……让它变得重要起来。人有文明的外表，并且在他们的生活中时刻以光明磊落的方式行事，这很重要。在不修边幅的人的衣着、家里、职业

---

① 拉克酒（Raki），是土耳其的一种酒，通过葡萄蒸馏和大茴香酿制而成，度数可达 40 多度。

生活中所见到的邋遢失序和自我放纵，并非他物，不过是自私自利的行为。"

好吧，其实没什么可听的。是逃走的时候了。我的双耳终于被说服了，并且与大腿达成一致。但就在这堆活生生的队伍找到机会行动前，我的双眼打败了它们。他为什么清早不睡觉？他在和谁说话？他是一个人？同谁在讲电话？我略略倾了下脑袋，四处张望着。他站得笔直，胸挺着，背靠着刷成蓝色、覆盖着烟灰渍的墙壁。穿着一件长款灰色开衫。他的头发乱糟糟的。脸转向墙壁。用牙齿紧紧咬着手里的铅笔，他正在读书里的一段话，书打开，搁在架子上。你看到了想看的画面。正当我从微开的门边移开时，我背包的拉链擦在了门框上，他从嘴里取下铅笔，朝我转了过来。

"早上好。"

我没法说话。我的嘴巴突然很干。耳朵里发出微弱的嗡嗡声音……他继续摆出一副从容不迫的样子，让人恼怒，他继续道，"我在练习朗诵。我每天早上像这样练习半个小时。练习的同时自我消遣消遣，然后我们可以一起吃早餐。"

昨天他看起来很显老，但是在某种程度上来说，确实是他……我的神经处在崩溃的边缘。想要立即离开这屋子的欲望令我不得安宁。我还可以找得到巴士车站吗？

"谢谢你所做的这一切。我现在要走了。"

"早餐呢？"

明黄色的太阳光透进窗子，叫各种各样古怪异常的事物都变得晦涩难明起来。我饿极了。没有理由再叫我恐慌了。我可以吃些东西，摆脱胃痛，然后就那样离开。我恐惧的心情在转眼间减弱下来。昨夜里那个恐怖而又神秘的侍应生成了一个笨拙的寻常男人。

"如果不麻烦的话。"

"已经准备好了。"

他们说我的长相不同寻常

我笔挺地坐在一张方形、上头铺着白色桌布的早餐桌旁，背包挤放在两腿之间。我有点心神不安，感到很饿。我盯着眼前的空玻璃茶杯，等待吃的东西会出现。桌子旁的深色木质边柜上，立着三个相框。其中一张就是侍应生。比起他昨夜的模样要年轻许多，却显然比他今早的样子年迈不少……挨着他的，是一个与我梦中的光头展览负责人非常相似的男人……但不是他。因为根本不存在这个人。但他同他非常相似。或许我把那个抽象人物在我脑海中留下的沉渣，硬生生地同眼前这个人的面部特征对号起来。当我看到第三张照片时，我的脑袋似乎晕眩起来。这是昨晚的巴士司机。

侍应生精神抖擞地走了进来，把一只金属托盘放在餐桌上，说道，"但你并没见过巴士司机的脸。"我转过身。脊椎从头到尾地作痛。我鼓起所有的勇气，看着他的眼睛。我的下嘴唇似乎要开始发颤了，我要哭了。他却平静地整理着餐桌上的小磁盘。白芝士、黄芝士、西红柿、黄瓜、百里香和漂浮在橄榄油里的红辣椒……我说不出话来。就好像是被催了眠。面包、面包圈、黄油、青橄榄、乌橄榄……我的嘴仿佛被保鲜膜罩住了。当他给我的玻璃茶杯添水时,还在继续平静地说着话。他的声音如同黑夜里从远处传来的一记呼喊。音色和语调都变样了。

"我站起来的时候没看他的脸。我抓起地上的背包,甩在肩膀上。"你不记得了吗?你看,你就是这样下了巴士的。那照片里的人是我的叔叔。他住在伊兹密尔①。他是个卖衣服的。是个了不起的家伙。吃些这个,你在别处可吃不到。找根像样的黄瓜太难了!"

他喝了一大口茶。我很困惑,不知道自己该做什么,该思考什么,该感受什么。我也抿了一口自己的茶。覆盖在我口腔内的薄膜从一端到另一端整个裂开了。

"你看,哥们,我对表演很有兴趣。我有个堂亲,比我丑,也不如我聪明。艾哈迈德,是他的名字……他算不上好看,却是个有胆量的家伙。他现在在演广告和肥皂剧。原谅我说这话,他干的是印钞票,这个混蛋。这些橄榄非常特别。我打算报名一个课程,至于应对餐厅这类事还有点难度。我和老师们,还有别的人,见了面。他们说我是这块料。他们说我的长相不同寻常。显然,我的脸在与众不同、不随大流的地方可以派上用场。如同千面人一样……或许你也注意到了。"

---

① 伊兹密尔(Izmir),是土耳其的第三大城市。位于安纳托利亚高原西端的爱琴海边,是重要的工业、商业、外贸、海运中心之一。

他看着我的眼睛，露出微笑。

"把面包圈也拿来。唯一的问题是我嘴皮子不利索。所以他们给我拿了些铅笔做练习。我每天早上都练。我把铅笔用牙齿咬住，然后诵读些段落，然后把铅笔拿掉，再重复同样的段落。黄芝士棒极了……今年年底有试镜。到时候看吧；我要去试试运气。他们给了我一出戏里的台词。我要背下来。"

他拿起摆放在边柜照片旁的一叠打印纸，开始用昨晚上的语音语调大声读了出来。他的声色瞬间变了样，变成我脑海里记忆中昨夜听到的声音了。

"不管怎样，天亮了你就走。这个点，我们这片儿没别的，就是会有些麻烦的人。听我的。"

他把这些纸放回原位，给自己盘子里的面包抹着黄油，继续解释道。

"你看，像是这样。我还没能背出来。到时候看吧，得努力尝试一回。你还没尝果酱，这可棒极了。如果我在肥皂剧或是别的什么剧里弄了个小角色，情况会变糟吗？你是干什么营生的？你有工作吗？"

我再次按下手柄

我恍恍惚惚地吃着什么东西，这些话语仿佛毫无意义的嘀咕声，回响在我的耳边。我睡在床铺上，望着天花板时想到的那个问题，在我给面包抹果酱时又重新思考了起来。我一边想着，一边说出了口。

"你如何知道，是巴士司机把我戳醒的?"

"晚上这个时候，只有在巴士上睡着的人才会来我的餐厅。142路；末班车……然后司机杰马尔会把睡着的人戳醒。然后巧合的是，我在伊兹密尔卖衣服的叔叔，他的名字也叫杰马尔。"

我才放松了些许，他最后这句话又一次让我的身体僵硬了起来。有两件事可以做。要么抓起他的衣襟领子，狠狠揍他一顿，叫他说清楚为什么知道我脑子里想了些什么，经历了什么，又为何总是惹恼我……凭他这副惹人生气的淡定，拐弯抹角却不把话说清楚的行为，要么抓起自己的背包，省省力气，存留自己的脑力，不和这人还有这片街区计较了。我迅速做了决定，选择第二种方式。我抓起背包，猛地站起身来。我正前方的三张照片在同一时刻里引起了我的注意。它们旁边摆着一摞纸，旁边是一只空了的绿色苏打水瓶子。

"哥们，发生了什么，突然之间？你打算去哪儿呢？等等，我也打算现在出门，我们一起走。我把你送到巴士站。"他的声音又变了。我没办法再多等片刻，甚至再听他嘴里冒出的其他字眼了。因为我听着听着，就逗留了下来。我几乎跑着到了门边。我穿上自己的白绿色运动鞋，整装待发，等待着要从身旁的这排棕色和黑色鹿皮鞋之间逃离开。我系鞋带时，双手颤抖着。

"这可真无礼，这是你感谢我的方式吗？"

我按下闪闪发光、涂成金色的手柄，门没有开。这个男人从桌边站起，迈着冷静的步子开始靠近过来。

"不，我做错什么事了吗，我不明白……"

我转动钥匙。两次。我再次按下手柄。门仍旧没开。

"我给了你汤。我对你来我家表示了欢迎。我准备了早餐。这就是我得到的回报吗，哥们？太无礼了。喂！我在和你说话呢，看这儿！"

上方还有一把锁。

"究竟怎么了，我的朋友，你怎么了，你是在逃离火场吗？还是你面前有条疯狗？喂！"

我拽住门闩，转动，门终于开了。我一个飞步跃了两三级台阶，开始下楼。一记骇人的且意带胁迫的声音，"喂！"，回响在被明黄色墙面包围着的半昏暗的楼梯道里。黄色的墙面仿佛没有尽头。我开始彻底陷入了恐慌，几次差点崴了脚踝。幸运的是，前门开着。

阳光刺恍我的眼睛。我还记得广场所在的方向。我把另一条背包带也拴在肩上。在这个令人悚然的清冷早晨里，我拉起毛衫拉链，开始跑了起来。在我跑动时，吃下的食物泛到嘴里。"你还没尝果酱，这可棒极了。黄芝士也棒呆了……再吃些面包圈。这些橄榄非常特别。多吃点，你在别处可吃不到……"

仿佛氧气耗尽了

  夜里经过的那些歇业的店铺都开张了。退避在柜台后方的人们静默无声，纹丝不动。在一些店铺里还有散客。在照相馆亮堂的橱窗里是同样的照片：那对已婚的夫妇。庞大的婴儿面孔……头发上盖满了发胶的少年……在这些照片之中，有一张在昨夜里并没有引起我的注意：那个我刚刚才从其屋子里逃走的侍应生……他似乎又有不同了。他的脸上挂着一道恼人的露齿笑容。我看向自己身后。没有人追来。就在我从这些照片面前经过时，突然想到要给侍应生的照片拍个照。我应该随身带张印有他面孔的照片，好抵制所有事情的发生。因为在我的内心有一个声音喃喃着，仿佛有坏消息要告诉我，我会再次遇见这个男人。我不知道他的名字。我已经忘记了他餐厅的位置，那是我偶然路过的。如果我有一张照片，我可以随身带着并且询问，"打搅，你认识照片上的男人吗，我可以在哪里找到他？"

  我走了进去。霉臭、昏暗。播放着与周遭环境全然不搭且令人感觉恐怖的电子音乐。我慢慢地踱着步，与音乐的节拍不相适应。摄影师是一个斜眼、矮小、略微驼背的男人。他俯着身子，在做报纸上的填字游戏，报纸被折放在腿上。他的嘴里有一只蓝色的圆珠笔。我的视线扫过已经完成了一半的填字游戏，扫过他咬在齿间的笔。我想要出去。

  "你好？"

我已经无法转过背去了。他取下嘴里的圆珠笔，放到桌上。

"呃……我喜欢橱窗里的一张照片……我要说的是，我能翻拍吗，如果您不介意的话？我不会在别处使用的，只是当个纪念……"

"不是所有的照片都可以，先生，它们中只有一些可以拍照。"

我感受到一股热腾腾的液体开始从我的背颈处往下流淌。音乐的节拍似乎加快了。他好奇地看着我。我虽然已经知道了答案，但仍指给他看。"白底的那张，短发的男人……"

"很不幸，他的照片不允许拍。你想要喝点什么吗？"

惊慌中我走了出来。我的状态让我无法在这地方多逗留片刻了。氧气仿佛耗尽了。我开始以自己最快的步伐行走在并不平整的人行道上，朝向我下巴士的广场。

当我抵达广场时，我站在路边，开始等待。这摇摇欲坠的巴士车站仿佛已经荒废。出租车并不从这条街上经过。有零星的车。我朝着车抬起手，一边查看是否有人跟着自己。终于，一辆灰白色的老款雷诺放慢速度，停了下来。我感到自己心脏加速。

"我要去贝西克塔斯–塔克西姆地区。"

"上车。我去塔克西姆。去广场……"

我踌躇着上了车。没别的选择。我把背包搁在自己腿上。乌黑厚重的胡子，稀薄的头发，圆滚的……我瞥了一眼这个魁梧的司机。方向盘在他手掌间，似乎成了一只小面包圈。我们一路默不作声。护身符悬摆在后视镜的下方。我微微转身，看了一眼一团色彩缤纷的、在我上车时曾引起我注意的东西。折放在后座上。袍子……舞台服装……像是音乐剧里的戏服……薄纱、闪光的珠片、宝石、发磷光的各类颜色、刺绣……巨大的孔雀……我们又安静地驾车前行了一阵子。即使我试图留意司机有没有开回头路，但周围环境一成不变，高速公路单调重复，使得我丧失了方向感。仿佛我们是并排坐着，荡着一只置身于灰茫空无中的秋千。贫瘠不毛的景象仿佛卡住了的唱片，在悄无声息中将我包围起来。我没能拿到侍应生的照片，也没能记住一路驱车至此的路线。我的双耳开始回响起来。下肚之物那甸甸的分量开始在我身上施压。我在自己的背包下方就快要被挤碎了。我紧紧闭起眼睛，以免被阳光刺透。

噼啪声还在继续

司机的大手从方向盘上松开，伸向车上的卡带播放器，这是长时间来车内唯一一样发生了移动的物体。我的眼睛立马注意到了这个举动。在那一刻里，我注意到他又厚又粗的指甲上擦着亮红色的指甲油。我感到自己被笑声和哭声积压在了一处极为局促的地方。好像心脏被这只涂了红色甲油的手抓挤着。我想要打开门，跳出去。翻上几个仪态不雅的跟头，在柏油路面上被碾成碎片。残喘后，死亡。显然我要离开这儿不会有别的方法了。只能以尸体的形式回到自己的街区了。红色指甲在噼啪作响的无线电台间游走。我感觉到自己的脑袋开始不安起来。我没法叫自己的眼睛从继续在转动着旋钮的粗厚手指上移开。在调过几首歌和一些新闻快报后，手指在一个没有信号、不含内容、只噼啪作响的电台上停了下来。他调高音量，仿佛是找到了自己的生命之歌。我脑袋里的不安感变得愈发剧烈起来。伴随着高昂的音量我们听着这吓人的噼啪声在车里蔓延。行驶了很长一段时间。我没能询问他，他为何擦指甲，也没能询问我们为何要忍受这噪音。我想要尽快回到自己的屋子里。看着在我们面前延伸向远处的道路，我试图让自己不去思考。背包在我两腿间，贴着我的胸口，我把它推开。司机用眼角看向背包。

"朋友，包里的东西一定非常值钱吧？"

"抱歉，您说什么？哦，没有。"

"嗯哼，我不知道。你一直都这样搂着它……可紧了……"

"它搁我腿上时一直这样……我的相机在里头。还有，你知道，拍摄器材。镜头、闪光灯、缆线，等等……"

"那么你是摄影师？"

"是的。"

"我喜欢拍照。如果我跟你要求的话，你会给我拍张照吗？"

"好的……"

"多谢，哥们。多谢你，我头一回要有一张好看的照片了。"

我打开自己的背包，思忖着。"我就这个要求。"噼啪声还在继续。

"等等，你在做什么？不是这样。让我摆一个妥帖的姿势。我要去哪儿才找得到搞摄影的小伙子呢？"

他就在高速公路边上一片林地处把车停靠了下来。在他关闭引擎拉起手刹时，我说："好吧。我是没法离开这地方了。早上我会发现自己又躺在另一张地铺上了。"播放机继续播放着。噼啪声从车里传向树林。司机兴奋的模样仿佛一个孩子。他拨弄着红色指甲油，下了车，开始脱自己的衣服。我的所有感受都不见了。没有害怕，没有困惑，没有好奇……他打开后车门，取出折着的袍子。是一件肚皮舞者的舞蹈服。他急急忙忙把它穿上，来到树林里。直到见到他出现在我的面前，我才意识到降临在自己身上的是件多么幸运的事。有那么片刻，我忘乎所以，轻松下来。我的双手带着喜悦之情，颤抖着找到了相机。我迅速调试相机的设置，在车引擎盖上坐下。这片城外的林地成了一处妙极了的时尚写真布景。我面前的景象颠倒错置，即使在日本的性虐杂志里也没法找到。所有的一切在一组极为专业的美术团队的设计下，精细入微。我所要做的仅仅是按下快门。

我用指尖按下它

当我睁开眼睛时，将我们笼罩着的单调的灰色雾气已经淡薄了些许。我同时明白到，我睡着了，我们身处在靠近市中心的地方。我的嘴里实在干燥。我咽了咽口水。背包在我两腿间，贴着我的胸口，我把它推开。司机用眼角看向背包。一首恼人的土耳其流行歌曲从电台的噼啪声下流出。一个操女人嗓音的男人在用错误、却前后一致的语调，重复着同一段副歌。我的双眼几乎又要闭上了。我想要摇晃自己的身体，一边扇自己耳光，一边叫嚣道。"控制住你自己，你这头畜生。"我试图让眼睛保持睁开。

当我开始看到熟悉的街道、房屋和人行道时，我仿佛从深幽水域那令人窒息的漆黑中浮出了水面，阳光烁烁。我就要摆脱笼罩着我的噩梦了。

我呼吸流畅。色彩缤纷的舞台服折放在后座上。我看着司机的手。他巨大双手的手指紧紧握着方向盘，在我的视野之外。我突然想起了那个侍应生。他同我说过的话持续盘亘在我的脑海里。我试着不去思考。"注意了，伙计，你是在对我用读心术吗？"我边思忖，边透过眼角去看司机的反应。他没有反应。

我们终于到了塔克西姆。忽然间，广场的模样好像是被一支救援飞机队投放下来拯救我性命的。随意无章、从空中落下的广场上有车流，有从小卖部里散出的肥腻的土耳其烤肉的气味，或稚幼或年老的乞丐，猫和狗，自动取款机，垃圾桶和标示牌，拯救了正渐渐消逝在一隅我无所知晓、又模糊不清的地块上的我。塔克西姆广场环绕着我，默不作声的司机不再是什么威胁因素了。向他道过谢后，我下了车。当我的脚触到地面时，我幸福得想要叫喊出来。

塔克西姆的一个明艳周日……我终于回到了属于自己的、有条有理的生活中来，这里所有的一切都叫得出名字。回家路上，一群孩子正拿着一个排球，在我经过的篮球场上踢着足球。我让背包从肩上滑落，放在人行道上。我拉开背包的拉链，拿出照相机。我试着抓拍几张合照，让没有网兜的篮球框、在进行中的足球比赛，和实际上是为排球的球，以均等的比例呈现。

最终，我抵达了我家所在的区域。我感觉到自己快要半死了。毫无生气的躯体仍然躺在那两堵刷成蓝色的墙壁间的地铺上。我需要洗漱和睡眠。

离家只有四五条马路了。一件接着一件进入到我视野中来的熟悉细节，每一样都给我的双眼带来了愉悦。那荒野的黑暗在我脑海里留下的残渣被太阳光束刺穿，正在逐渐释溶。我越是靠近家，愈是清楚自己已经摆脱了那个可怖的地方。浑身发痛。尤其是我的背部……睡地铺带来的纪念品……除去身体上的疼痛，没有任何我去过那里的迹象了。甚至没有一张照片……

出售吐司、汉堡、扁面饼、土耳其烤肉、新鲜果汁的小卖部里头，同往常一样，挤得满满当当。狼吞虎咽的人们各就各位，人头攒动。顾客在吧椅上排排坐好，在窄条的大理石柜面上吃着吐司，喝着他们的橙汁。那些只能叫人看到他们脖子以上部位的人们，因为这个地方古怪的、嵌入地表的建筑构造，其实是在地平面的高度上。被按固定间隔摆在人行道上的脑袋上的嘴巴还在动着……他们在摄取养分时，看着那些从他们面前经过的沾满泥土的鞋子。我的眼睛无法适应这离奇陌生的场面。就同我过去不知道有多少次那样，我决定不给这古怪的场面拍照了。当我转过街角，我与自己公寓的前门面面相对了。

我用最后余下的力气爬上台阶，从背包里取出钥匙，打开门。仿佛是在偷偷进入他人的宅子……里头闷热极了。我把背包放在入口处的矮柜上，打开起居室的窗户。我脱下鞋子，走在昏暗的走道里，仿佛是在拖动着自己的躯体。我把脱下的衣物丢在凌乱的床上，随后进了浴室。

热水流过我的发丝，我恢复了过来。当我闭起眼睛，属于昨晚的画面开始慢慢出现。我一动不动地在热水下方等待着，仿佛在将那个陌生街区的昏暗照片一张张冲印出来。我下巴士处和下巴士后走过的漆黑街道上，有部分路段被灯光照亮。

　　我走出浴盆，擦干身体。镜子上的水汽开始散去，变得清晰时，我注意到自己的右肩上有一个深色的印记。我转过自己困倦的双眼，看向镜像的源头，仿佛镜子在欺骗我似的。一个红色、圆状、带血的水泡……我用指尖对着它按了按。痛。我继续擦拭身体，来到卧室。穿上某条灰色田径裤子，和一件黑色 T 恤。塑胶手表在我的床边如同一个装饰品，一件我从那个陌生地方带来的纪念物。我湿漉漉的头发黏在枕头上。当我闭起眼睛，发现自己浑身发痛。我听着屋外传来的汽车声和鸣笛声，慢慢地进入了深度睡眠。终于，在自己家了。

我再次闭上了自己的眼睛

　　我带着一阵头痛从几个小时的睡眠中醒来，昏昏沉沉。天已经暗了。之前那片令我全身心置于其中的街区，眼下只存在于我的意识里，化作了可耻的痛……我在那里所经历的一切如同一份久远的回忆，嵌刻在我的大脑里。我的头发干了，在脑海里新冲印的照片已经一张接着一张褪了色。我下巴士的那一刻，昏黑的街道上成排立着歇了业的店铺。橱窗里的照片、夫妇、婴孩、"失踪"告示上的女人、餐厅、窗户上发磷光的字母、侍应生、大理石餐桌、小扁豆汤、地铺、早餐、照片、红色指甲……仿佛一场混沌无章的梦，一部我记不清的电影场景，或是书里某一章节。并非所有的内容都留在了我的脑海里，它们在我脑子里融合，变得毫无意义起来。

我打开自己的床头灯。对面墙上《不死僵尸》① 的海报被照亮了,焦躁不安的鼠脸正中,一双浑圆的眸子倨傲地俯瞰着……他仿佛在威胁我一步都别想从床上离开。我惺忪的双眼看向海报底部:《不死僵尸》,一部关于恐惧的交响乐……我的眼睛又闭上了。

当我再次醒来,感到身体麻木。头疼减弱了。对于那片我并不认识的地区的记忆,已经整个儿从我脑海里被抹去了。像是一张老旧的拍立得照片……我记起肩膀上的印记。这是否可能与那个地方有关?这个念头回荡在我的身体里,带来极度的不安。我在脑海里勾勒出两人在街灯下说话的情形。红色的面庞。合上了的门。牙齿间的铅笔。我起床,穿衣。我走了出去,想镇定下来。我走了很久。在回家的路上,我给艾博璐打了电话。"我能来吗?"她正在做饭。"一起吃饭吧。"她说道。

我不想在吃饭的时候告诉她前夜里发生的事。像是我如果不告诉她,它们便不曾经历过一样。相反,我聊起自己打算参加的集体摄影展来。艾博璐一边听着,一边表现出夸张的兴致。随后,谈话回到了那个老话题上。又是同样的措辞,她开始给我施压,要我给她拍裸照。

"哦,我已经说过多少次了;我对裸照没有兴趣。我对此并不擅长,裸露对我而言既不显得有趣,也没有艺术美感。即使你说成是'果照',恐怕也并没有变得更深刻奥妙。有这么多有趣的主题,为什么要拍裸照呢?而

---

① 《不死僵尸》(*Nosferatu*,1922 年),德国电影导演茂瑙的名作。Nosferatu 是吸血鬼的异类,但是由于他们扭曲的外貌,Nosferatu 必须远离人类社会在地下生活,而不能像其他吸血鬼那样藏身于人类社会之中。

且拍女性的身体尤其俗套……尤其是黑白照……"

"看在上帝的分上,你拍了又会怎样呢?"

"好的,我拍,我想说的是,谁都可以拍,没必要非得是个摄影师。"

"但是我没法对着谁都摆出那样的姿势!"

"……"

"好吧,我不是在强迫你,改日再拍。另外,我确信你一定会拍得极好。"

"行吧。改日再拍,我们要演得像邦·乔维①的电影。"

在拿刀切盘子里的鸡肉时,我想起了自己肩上的印记,我撩起自己的T恤看了看。裸照……颜色已经从红色转成了紫色。我意识到艾博璐正和我看着同一个地方,她也看见了。这证明了印记是真实存在的,我必须给出解释。

"哦,我在想这是什么?今早淋浴完看到的。"

艾博璐,鸡肉在她油腻的嘴巴里咀嚼着,她的眼睛在我的肩膀上贴得很近很近。她眯眼看着,一边继续嚼着嘴里的东西。

"你是不是撞在哪儿了。去过别的什么地方吗?"

"没有……应该不会有什么大碍。"

"看上去像是淤青。淤前……"

---

① 邦·乔维(Bon Jovi),美国著名重金属乐队的主唱,他也出演过一些电影和电视剧。

"这可以当作展览的名字。"

"什么?"

"淤前。"

"呃……我才不会这么无脑,你知道吗,我不喜欢这个笑话。"

瞬间,我对一切都厌恶起来

吃完了。艾博璐跑进去煮咖啡,留我一人在这间简单安静、配了浅色宜家家具的起居室里。我一动不动,坐在海军蓝三人沙发的边缘上,与自己在等离子电视机黑色屏幕上的倒影面面相觑。我感觉自己刚从牢里放出来,一个疲软、虚弱、背负着黑暗过去的男人……崭新的人生铺陈在前,还有满满的困倦。

艾博璐带着咖啡回来了。我厌倦地看着那千篇一律的杯子,它们散发出时髦女性的气息,这还不足以摆脱她对咖啡用具的焦虑。她把橙色杯子摆到咖啡桌上,用擦了红色指甲油的手打开 CD 播放器,放入一张 CD。U2[①]……我完全不喜欢他们。

咖啡喝完,此时正播放专辑里的第三首歌。艾博璐脱下自己的深绿色 T 恤、黑色胸衣、黑色牛仔裤、蓝色内裤,和灰色袜子。她的脚趾上也涂着红色指甲油,对应着她洁白无瑕的脚面……

我们在沙发上躺下。艾博璐闭着眼睛。我在她上面时,瞥见了自己肩

---

① U2,1976 年创立于爱尔兰都柏林的超级摇滚乐队,至今活跃。

膀上的印记，它似乎更紫了。瞬间，我对一切都厌恶起来，毫无意识地前后摆动，仿佛困在陷阱里……我想达到高潮，然后尽快逃离。过了一小会儿，屋外开始传来叫喊声。几名男子在给一部闹哄哄的、打算停靠的车子前支招。男人们的喊声传入到我们之间，融入进我们的性爱之中。我一边来回摆动身体，一边踌躇着听他们说话："来，来，来！来，哥们，来，来，来……"我想大笑出来，但制止了自己。我看向艾博璐，看她是否察觉到了这情形中的古怪之处。她没有。达到高潮时，有那么片刻，我看到了艾博璐呈黑白照的裸体相。

　　我们穿好衣服，坐了下来。约有半小时时间，我们在讨论琐碎的事物。
　　"哎，我准备要走了。"
　　"喂，坐下，还早呢。"
　　"得工作了。"

　　我们在门前面对面站着。
　　"呃，我发觉自己就像是来蹭吃的……"
　　她开始大笑。"脏兮兮的猪。"
　　"那么再见了。"
　　"再见。我打算问你些事情，你为什么不站直身体？"
　　"哦，我背上疼，可能因为这个原因吧。"
　　"小心点儿，否则你要成驼子了。"

　　我继续走路，离开街道的暗面，走上阳光覆盖的主大道，宽阔的人行道上没有太多人。我爬上台阶,迅速回到屋子,脱去被汗水粘在身上的黑色T恤,扔在洗衣机上面,T恤上印着红色五角星里的那句"对机器的愤怒"……我肩膀上的印记在继续加深,按下会有灼痛感。"你去过别的什么地方吗?"我脱光衣服,像是在回答艾博璐的问题。站在卧室的长镜面前,我变态狂般开始不停地检查自己的身体。我转过身,看了个遍。

"什么都没有。"

洗漱完毕。我穿上田径裤和T恤,离开了卧室。

回到起居室

我来到摆放在起居室角落里、窗户底下的那张浅色木桌子前。打开电脑。进厨房煮咖啡时,面对我的是水槽里成山的待洗碗盆。因为要把每件器皿塞入洗碗机,倒上洗洁剂,然后运转机器,这些在我眼里都显得异常艰巨和繁重,我决心同往常一样用手清洗。我戴上水龙头旁发磷光的绿色清洁手套。这些在杯子里和盘面上游荡的发磷光的绿色手指们,仿佛属于另一个人。有几分钟,我一边清洗一边脑子放空。我把破损的清洁手套丢进垃圾桶,煮了些咖啡。我拿着一个白色杯子回到自己的书桌前。在恍惚间上了会儿网,然后关掉电脑。按下台灯的按钮,我取来在玻璃膜里摆了好几周的摄影杂志。灯没有亮。我从储藏室里拿了一颗备用的灯泡,换上。我把旧灯泡丢进厨房的垃圾桶里。

回到起居室。因为太懒,不愿意从搁在地板上的箱子中里取唱片来放,便打开了收音机。鼓击乐队①第三张专辑里的一首好歌,但我不知道它的名字。我坐在餐桌边上。开始就着新灯泡的光,阅读起新杂志来。某一刻里,我把自己的脑袋从字里行间抬起。在关闭了的电脑屏幕里,我看到自己的脸影被 DVD 三个字母的蓝光照亮——字母变形像是手写的——位于对楼商铺的招牌上。

读完杂志,我终于觉得困了。关上灯,起居室里只有对面 DVD 商铺招牌发出的蓝光。我关上收音机。编辑乐队②的男中音被剪短了。我把空杯子摆在厨房的料理台上,喝了些水。我从立在料理台上的厨房用纸上撕下一张,擦了擦鼻子。在我踩下踏脚,厨房垃圾桶盖掀起时,面对我的是一只托着灯泡的发磷光的绿手。

在我睡觉前看到的这最后的画面,这不自然的集合,这既引人发笑又让人害怕的画面进入到我的梦境里。以梦的形式,被我卧室的闷人浊气做了重新的诠释……

我在房间走道里。地板像一根活动走道,在我的脚下滑行。又出现了……我逆着走道的流向原地踏步。片刻后,一个黑影出现在了走道的尽头。一个站得笔挺的男人一动不动,向着我靠近……当我停下脚步,他又开始走动。在他离得更近些时,我认出了他:不死僵尸。他的手上套着发磷光的手套。他的指甲尖太长而捅穿手套,在黑暗中闪闪发光。碎玻璃的声音从他的嘴里传出,动静间仿佛是在嚼口香糖。他靠得非常近了。这声音让我耳鼓膜上的细纹生疼。我仿佛可以嗅到耳朵里发磷光的绿色

---

① 鼓击乐队(The Strokes),美国车库摇滚乐队。
② 编辑乐队(Editor's),英国后朋克乐队。

血液在聚集。一只发亮的灯泡在《不死僵尸》撅起的嘴唇上开始膨胀，仿佛他是在吹一只气球。它充气，膨胀，持续膨胀，以荒谬可笑的模样亮起，照亮他骇人的面庞，悄无声息地剧烈炸开。四射的火花将这个地方涂成一片亮白色。有那么一会儿，我待在这白色的空间里，继续逆着走道的流向踏步。

我细看起来

早晨，我被电话的闹铃叫醒。我一睁开眼就撩起 T 恤，看向自己的肩膀。印记似乎褪去了些许。它在好转。毕竟这没什么打紧的。我下了床，走进厨房。在我按下水壶上的按钮时，我注意到自己另一条胳膊上的另一处印记。这次除去显像，还有痛感，像是灼痛。一个紫色的淤结，至少有我喉部印记三倍大小。我打开厨房的灯。我细看起来。几乎与我肩膀上的一模一样。第一阶段。仍是皮疹的模样……"某个男人留意到自己手臂上的一处皮疹，先是置之不理，随后去看医生，皮肤癌。医生说，"如果你早些来，我们本可以救你的，但现在太晚了。"然后这个可怜的男人没出两个月便死了。"我的大脑里满是类似的真人真事，尽是些最糟糕的状况，然后因为恐惧浑身僵硬。但我仍然不想因为两处淤青便去看医生。我来到起居室，在沙发上躺下。听着水壶的声响，我静躺了一会儿。如同横陈尸体的受害者，身中两枪，等着咽下最后一口气。十分钟过后，在我猛地醒转过来时，我发现自己在沙发上睡着了。我离开屋子去工作。

一个灰黑的周一早晨……我快步穿过弥漫着阴郁气息的半明半暗、潮湿冰冷的街道，走向地铁站。地铁通向我照相馆所在的购物中心，我可以不出地面就到达工作地点。除了周日，我每个夜晚都像一只鼹鼠似的回到自己的洞穴中……虽然最近我因为懒怠而没有开馆的日子开始变得频繁起来。幸运的是，这事取决于我。我下了车，转向与购物中心相连的长走道，走道有浅色的墙面，墙面上覆盖着阿拉伯式的花纹。当我经过安检时，我有那么一刻紧绷了起来，心想着肩膀和胳膊上的两处印记要触发警报了。购物中心内部的清洁工作正在进行打扫。用泡沫水擦拭着商店的橱窗。

这是个恐怖的地方，内部装饰每隔两三个月便换一个新样式，但里头的气氛每个季节都一成不变，这么做虽然为顾客们保证了数不尽的乐趣，却也将无穷的乏闷排遣给了这儿的工作人员。由铁和玻璃组成……没有窗户，没有墙上的挂钟，只有商店橱窗。独立于时间和空间以外的橱窗。橱窗与橱窗之间，手扶梯带着物理运转时产生的疼痛，扭动翻滚，如同一条受了伤的哥夫蛇。鬼鬼祟祟、诡计多端的运作模式，让访客们多走上一圈，以便从所有商铺面前经过。

我穿过吸尘器的噪音。无聊透顶的歌曲还没开始从闭路扩音器里扬出。它们中有些歌，一天播上五回：《耶稣面对儿童》、《我心之形》①、《热情相

---

① 我心之形（Shape of my heart），电影《这个杀手不太冷》的片尾曲。

吻》、《勿伤我心》、《忧伤依旧》、《温柔地杀死我》……恼人的旋律在温柔间将我杀死。憋闷感令我回想起小学时代的周日傍晚……而且最近电子乐势不可挡，相同的节奏催促走道上的消费群体即刻涌入商铺，给单调乏味的购物速度加油打气，与安插在女人大手提包里那一摞摞的信用卡串通一气。

购物中心里始终有新的活动在进行，比如一列微型火车出现了。整整一周，火车在楼层里持续打转，从烟囱里释放出一股令人作呕的振奋之意。火车内部则是长大了的孩子们，孩子般的大人们，蓄了胡子的大叔，包着头巾的大妈……

然后从不知哪儿涌现出现场音乐表演的浪潮。火车不见了，所有角落里演奏起不同类型的音乐来，有现场的，有模仿拙劣的；戴着帽子的，穿着演出服的，还有令人厌恶的多余手势……所有这些骚动之举都是为了给这处死寂的场所带来活跃的气息。这些举动一出比一出令人不悦，是由世界上最无趣的一帮人，身穿世界上最昂贵的西服，按顺序围坐在董事会议室桌子边做下的决定。毫无新意的革新，毫无创意的原创，由毫无头脑的头脑风暴制造出来。

尤其遇上特殊的日子，插科打诨的表演会成倍增加。情人节里，漂亮姑娘们穿着艳俗的衣服给来客人们派发心形饼干。在这个大众传播时代里，无情无爱的顾客们对神圣情人节的迷信，随着亮红色的气球鼓胀起来。母亲节上的策划则令我们联想起自己的母亲，残忍地剥削我们对她们的爱意，使得整个地方都窒息起来。父亲节是另一套插科打诨的手法，妇女节上又是另外一套。然后是节庆日子，开斋节要比宰牲节更上镜。① 有新年。杉树、礼物、性别错置了的圣诞老人……然后又是不那么特殊的日子，比如返校主题……身形单薄的模特们在每一季的头几天就激发起人们的审美情趣。初冬时，将泡沫板切割成星星状的巨型雪花片，用尼龙线悬挂起来；初夏，海、沙、太阳三者成队，按照不同形式排列组合；迎接秋天时则到处是塑料制成的枯叶。眼下是迎接春天，到处是色彩缤纷的人造花，大大小小，模特们令人怀念起春季的面料。购物中心内部，尽管繁花似锦，空调所发出的气味却一如既往……这个地方像是一座太空舱，试图将这亘古不变的、塑胶制的、合乎标准的气候用装饰品遮罩起来，与外部世界保持同步。一座太空舱，像是手扶梯诡诈的运作原理一样，按照固定的节拍，吸走我生命中的喜悦。

事实上，他们既不关心春天，也不在乎母亲们和情人们……这些都只是为了哄骗人们买走店铺橱窗里的东西的策略。是的，就连一个十岁小孩儿也知道这样的把戏，不过……我想到的只有我扭扯着的胃部。我只想从顶层上，成斤成吨得往下呕吐。我想要把自己的呕吐物喷射在店铺橱窗上、心形的饼干上、红色的气球，和母亲的剪影上。吐上几个小时，没有停歇。

我打开自己位于走道尽头处的照相馆。按下电脑按键，备上自己的咖

---

① 宰牲节是穆斯林的盛大节日，穆斯林们一般会聚集在大清真寺或公共场所，举行仪式和庆祝活动。他们将宰杀后的动物（骆驼、牛、羊）分为三份，分别留作自用、赠送亲友或施舍穷人。开斋节的时候，穆斯林们穿上节日盛装，到清真寺参加"会礼"和庆祝活动，恭贺"斋功"胜利完成，互道节日快乐，并馈赠礼品。

啡。我打开埃森牌收音机。一首老专辑里的曲子，疯狂街头传教士①……一生的计划。我调高音量。转身背向待售的空白相框，它们颜色、尺寸各自相异，在办公桌后方站成一排。我坐了下来，盯着启动中的电脑屏幕上被啃食过的苹果标识，从白色的杯子里啜了一口滴滤咖啡。

我恶心得咳了起来

一整天我都在编辑展览上拍摄的照片，每次从电脑上抬起自己的脑袋，总会看见对面商铺的阿赫迈特。我看到他有好几年了。"护照照片立马可取，幻灯片冲洗，数码打印"这些文字映在我的橱窗玻璃上，他则永远在文字镜像后方，纹丝不动……日以继夜，一动不动……他整日坐在自己的小办公桌旁，上头只放一部电话，等待着顾客。我想知道，一个人终日无所事事地坐在一间空荡荡的店铺里，被白色的商品围绕会是怎样的心理状态。你的视线固定在远处的一个模糊点上，然后保持不变……持续滴水不饮，瞳孔以虚空为食……就像是在耐心地等待死亡的那一刻……

我回到自己的照片编辑中，它似乎没有尽头。照片文件的排列方式令人恼火，我在其中找到一些不合规范的地方，可每次的更正都会发现新的错漏。我所有的准备只是为了一场群展，只需要七张照片参展。我要在面前这极小的数码文件夹里，从三十八张照片里挑出七张，在马斯拉克的打

---

① 疯狂街头传教士（Manic Street Preachers），来自英国威尔士的摇滚乐团，曲风通常被归类为另类摇滚。

印机上打成大张，然后将它们递送给展出负责人。我对所有照片都做了小调整，与此同时，我还给四个人拍了可满足生物特征的护照，他们要去申请签证。还有冲印照片。现在几乎没人再冲印照片了，随着克隆技术被提上议程，把照片打印出来这件事，对人类而言已经没有任何兴奋点。至于年轻一代，照片在任何情况下都不是一件可被触知的东西。彩色的光束从一处屏幕到另一处屏幕，从一台手机到另一台手机，射出，并在光束下方写下评述。这便是为何对我职业而言，那最令人愉悦最琳琅多彩最有趣戏谑的部分即将彻底枯竭……人们伪装成严肃体面的模样来到照相馆，我则参与到他们如闹剧般荒诞的私生活里畅游一番，而这样的旅程正在稳步递减。照相馆占地越来越小，且越来越乏味。从那些我并不认识的人们的生活中分崩而出的荒谬片段，正在迅速殆尽。如同今天，那个穿着雨衣的女人；牵着狗；站在地毯上，同她面目可憎的友人们喝着茶；回家陪伴她娇惯的孩子们……这些片段不知疲倦地永久上演，且被固存了下来。禁闭其中又永垂不朽。当我将照片放入信封，贴上封条时，虽未着眼过其中的任何一张，却因为与对方的生活产生关联而生发罪疚感，一种偷窥狂独有的变态的焦虑。比起检视内脏的放射科医师和探向阴户深处乱捅的妇科医生，这样的拜访会进入得更私密。

  这样的奢侈享受也许是专供给那些在照相馆工作的人，一般商家对于顾客在店铺外的生活没有任何概念。比如坐在对面的这位阿赫迈特，对我来说是一片空白……那些踏出他店铺之门的人也都会在稀薄的空气里蒸发，直到他们再次光临才活了过来。然而关于这中间的时光，我却拥有某种凭证，一种裁剪成相同尺寸、配有图示的凭证。

有些时段没有客人，我会马上跑到店铺旁的消防安全出口抽烟，穿着那件深灰色连帽夹克，手握白色咖啡杯，夹一支烟，观望着栏杆后方拥挤的交通，再时不时透过门查看空无一人的照相馆……一辆失事车已经在台阶下方停放了数月，他们把它拖到那儿就不管了。我引起了这辆破车的车灯注意，它像是在思考事故发生的那个瞬间，仿佛它正在一遍又一遍地不断经历着那骇人的瞬间。当我从安全出口处回到办公桌前时，邻门香水店里一股辛辣的香气粘上了我的上颚，同尼古丁掺和一道。我恶心得咳了起来。

　　我又度过了一天，在为春季概念定制和摆放的塑胶花堆里，在我对面纹丝不动的阿赫迈特身上，在偶然浪潮般侵袭我鼻孔的香水酸味中，在安全出口处抽烟看着失事车辆的休闲片刻。收音机正在播放康复乐队①的一首无聊曲目，我关掉收音机，然后关掉电脑和机器，丢掉咖啡渣，锁上门。闭路音乐系统放着一首低级的电子乐。我想起那片街区里的那间半昏暗的照相馆来。那完成了一半的填字游戏，牙齿间的铅笔……朗诵练习。侍应生。有那么一会儿，我没法勾勒出侍应生的面部，恐怕不允许拍他的照片。摄影师。他佝偻的身姿。小心，否则你会变成驼背。我挺起腰板，继续走，缓慢的脚步与音乐的节奏不相适应……

---

① 康复乐队（The Cure），英国著名后朋克乐队。

早上一次，晚上一次

我邀请艾博璐傍晚时来我家。她的工作比预计花费的时间更久。她没能来。我整夜躺在沙发上，盯着电视机和身体上的淤青。有段时间我不停检查自己的身体，用惶恐的双眼搜寻新的印记。我在最废话连篇的频道和最廉价的电视节目之间不断切换，仿佛这么做对我的伤口有好处。我极度焦虑。突然间我对电视和反复的身体检查都感到厌倦，尽管不那么困，我还是上了床。我在黑暗中，闭着眼，等待睡去。

早晨醒来，我的右腿上有一股熟悉的灼烧感。我一动不动等了片刻，随后带着惧意掀起白色的被罩。紧挨着我膝盖上方的是一处新的印记。新的……鲜红色……我感到恶心，不由自主地抬起手，捂住嘴巴，就这样保持了一段时间。过了一会儿，我深吸一口气，在双眼朦胧间，惊颤地重新扫视全身，看在其他部位是否还有些什么。没别的了。我再次看向腿上的发红部位。我真的惊慌失措起来，下定决心去看医生。我想起几年前皮肤上开始出现红色小斑点时去看过的那个让人不舒服的医生。他给了我两罐霜药，然后说："神经性的"。早上一次，晚上一次……我用药了，印记有淡化，一两个月后便不见了。我回忆起那个皮肤科医生的电话号码，在店铺里的一本棕色封皮的厚记事簿里。

我已经连续几个小时在自己的照相馆里忙着为展出做最后的准备，透明的直达电梯伴着令人沮丧的拍子上上下下，商店橱窗背后是时髦的假人模特，而透明的直达梯里则是一动不动的活人。从屋顶上悬挂下来的 LCD

屏幕上滚动播放着杂七杂八的广告,保安手里攥着对讲机,衣服穿得像是歌舞片里的警察,晃来荡去,闭路音乐系统里响起令人憎恶的曲子。

当我将自己的视线从屏幕上移开,一个穿绿色运动衫的年轻女子走了进来。她用白色信封装着一张光盘,信封搁在包外。她想要打印里头的照片。我告诉她,我可以在一小时后完成。"这样的话,我出去逛逛再回来",她说道。夜店里拍摄的照片,一张比一张丑。大概是拍摄时开了闪光灯,隐蔽在夜店昏暗中的每一种糟糕行径和每一个古怪的丑态模仿,都在令人炫目的白色环境里原形毕露。这些令人不适的照片由故作兴奋的人们组成,令我迅速回到了曾经的某段岁月。这些是留下光碟的那个女人的生日派对照片。出生是桩美事,死去亦是桩美事……

我突然想起那个医生,难道是因为他对我说的那句"你会死的"话?我疑惑起来。我在抽屉里乱翻一通,找到了那本棕色骑订式记事簿。在同秘书说话时,我眼睛仍然瞥着正在用打印机处理的派对照片。我预约了傍晚就诊。

我像遭陷困境的鬼魂,途经世间时,被钉在了相馆门与诊所门间。我不想在路上听音乐或是阅读。门开向附属于诊疗间的等候室,空无一人。我穿上浅蓝色鞋套,走了进去。里头只有那个一脸蠢相的秘书,坐在自己的办公桌旁。调成静音模式的电视机播放着关于德梅特·阿卡林[①]的视频短片……我走了过去,告诉她自己的姓名。

"欢迎。医生现在有空,你可以直接进去。"

[①] 德梅特·阿卡林(Demet Akalın),土耳其著名歌手和模特。

"好的。"

她拿起电话，告诉我可以进去了。德梅特·阿卡林在沙滩上跳跃着。

"他知道你会来。"

我感觉像是喝醉了。

医生仍在我离开时的位置上，他的办公桌旁。深色木质办公桌的顶端满是品味低俗的装饰品。看到我他立马站了起来，墙面上是些熟悉的名画复制品，为居家尺寸做了改良。

"我记得你。"

他并不记得。我们握了握手，相对而坐。

"我皮肤上又开始出现一些东西，但这次不同，我是说形状上。你看，像是这些印记……一开始有一块。我并没有太留意，心想自己或许是撞到什么了，结果第二天早上出现了这个。"

同他说话时，我先是与自己皮肤上的印记产生了疏离，紧接着同自己产生了疏离。医生俯过身子，盯视着其中一处的淤青。他眯起了眼睛，我感觉心头一紧。他的眼睛多眯一些，我心头就收紧多一些，多一些……他觉得没有必要动用我们旁边带放大镜和光照的器械来做检查。透着消毒水味道的诊疗室安静得不可思议。我边思忖着德梅特·阿卡林是否还在上蹿下跳，边等着医生说些什么，气都没敢换一口。墙上的画作变得愈发丑陋起来。他张开自己的嘴唇，发出一记令人恼火的咔嗒声，总算开口了。

"哎，这些是牙齿印……"

他摆出一副戏谑的笑容，看着我的脸，重复道。

"这些确实是牙齿印。"

我脑海里瞬间勾绘出卧室墙壁上那幅不死僵尸诺斯菲拉图锋利前牙的画面。我用一种要求对方严肃相待的语气，对医生说。"真是这样？好吧，如果是这样也没什么要紧的了。我该付你多少钱？"

"你不需要付费。"

他还在咧嘴笑着，像一个变态狂……

当我离开时，感到身体跟跄摇晃。我感觉晕醉，快步走在正降临的黑夜之中。身体上的印记是牙齿印的这一消息，并未让我释然，因为我已经独居数月了，独自一人睡觉，且并未有过能为医生脸上的邪恶笑容做正当辩护的经历。我想到了艾博璐，我们在沙发上的交欢短促且没有任何激情，她连嘴唇都没有触碰过我身体的任何部位，何况她的牙齿。而且无论怎么说，印记在之前就有了。我给医生奉献了一则他今后几年喝酒时都能孜孜复述的故事。

我一边走一边沉浸在这些想法里——心情随同夜晚变得昏暗不明起来——一台手风琴的声音开始为我的步伐伴奏起来。声音是从紧跟在我身后的街头演奏家那里传来的，他正在演奏一部库斯图里卡[①]老电影里的主题曲。毫无错漏，但是断断续续……他身旁的妻子一边端着钱盒子，一边

[①] 库斯图里卡（Kusturica），塞尔维亚电影导演，凭《爸爸出差时》（1985）和《地下》（1995）两次获得戛纳电影节金棕榈大奖。

敲击着手鼓。他们在我身后弹奏着辛酸凄苦的电影音乐，我仿佛化身为电影人物，在收到坏消息后独自行走在街头。

我跌坐位于路尽头处咖啡厅的院子里的一张小餐桌前，整理起自己的思绪。手风琴的声音消失了，我点了一杯浓咖啡。各种思绪向我发起难来，却没有什么解决方法。我的视线绊在脚上的蓝色物体上，我脚上还穿着鞋套。我像剥去医生那让人恼火的笑容一般，将鞋套脱下，丢到街上。我的视线追踪着被风拂过地面的蓝色塑胶制品，脑袋里除了牙齿印空无他物。"我一个人住，而且一个人睡……"我心想。过了一小会儿，我强作镇定面对事实："这确实是我的牙齿印。"有了这个想法，我开始变得既轻松又不安起来。这种事情可能吗？我又点了一杯咖啡，像是要逃避问题。鞋套中的一只已经窜到了对面的人行道上，飘到了空中。另外一只在路缘上被拖行着。第二杯咖啡上来了，我试图透过表面的泡沫啜一口咖啡，好叫我的思绪远离那些牙齿印。没有起效。难道我是在夜里睡梦中咬了自己吗？是否存在这样一种疾病？还是梦游的一种呢？或是食人行为的一类？由我自己杜撰的？若是我把这些告诉了那个把我视作性幻想受害者的医生。"好吧，医生，其实我是一个人住。"我没这样跟他说，我制止了自己。事实上，我非常清楚其中的原因。比起进入一段最为扭曲变态的关系，我在无意识中啃咬了自己的事实要远远更让人惶恐。

印记在增加

夜里，我想给艾博璐打电话，对现在的情形做个解释。但由于某些原因，我没法这么做。后来是她打了电话过来，我没法开口，尽管她询问我肩膀上的印记……"消掉了，"我说道，试图结束话题。挂掉电话时，我又后悔了。但告诉她又会有什么差别呢？即使吓得不轻，她还是会应付自如，"看在老天的分上，你到底在怕什么。这没什么大不了，还有人晚上睡着了爬起来，把人劈了的事发生，"她会这么说。然后她还会故意补充道，"依我看，你应该去看心理医生，或是精神病医生，而不是皮肤科专家。"对话除了让我感觉更糟，不会有任何用处。我整宿在屋子里四处晃荡，没法在任何事情上集中注意力。困意难挡，我没有去拜见*不死僵尸*，而是倒在了起居室的沙发上。我在 DVD 几个字母发出的蓝光的映照下，睡得辗转反侧。

第二天我在照相馆里继续忙我的展览照片，正打算打印和刻盘的时候，无意中发现手掌上又多了一个印记，藏在我左手大拇指下方的软肉里。印记在增加，一处好转，必有一处长出来。一处淤青消退，必有个新鲜的冒出来，伤口在我的皮肤上展开了某种接力赛。我双眼惶恐地扫遍盖有牙齿印记的身体，好像它们并非我皮肤的一部分，我好像在看着另一个人的身体。更糟糕的是，我又感觉像是在透过另一个人的眼睛惊恐地看着属于我自己的皮肤，这情形随着我的心情不断发生着变化。有时候眼睛是我的，有时候身体才是，但二者从未在同一时刻属于我，又从未在同一时刻离开过我。我感到精疲力竭，两种情形下身体总有一个部分与牙齿印记无关。我的眼睛，如同一位专于齿印的侦探，游移在柔软脆弱的白色肉躯上。眼睛有时游移在那具肉躯上，有时游移在属于我的肉躯上。我遭遇到的每一处新印记都成为一个致使我内心崩溃的新理由，一个引发恐慌的新触点，一个释放虚无感的新的放大器。

下午，我把录制了最后一版照片的 DVD 丢进包里，关闭店铺，跳上一部前往马斯拉克的迷你巴士，去找打印机。

我身心憔悴没法想别的，脑子里翻江倒海。明亮的阳光让我疲惫的眼睑无法睁开。伴着一记略微的颠簸，我从自己短暂、荒谬的梦境里醒了过来。巴士上的长梦，迷你巴士上的短梦……

我睁开眼睛。马斯拉克巴士开始崩碎，污脏的轮廓如同刻凿在石头上的古代文明，从烟雾中缓缓升起。背景里是引擎发出的粗哑的声响……这片地区的商务中心覆满了急速攀长的摩天高楼，许许多多灰暗的阴影蹭染在商务中心深不见底的淤泥结构上。巨型的建筑物一栋挨上一栋，倾靠、融合，试图保持着站姿。

马厩似的简陋棚子聚拢在呈山麓小丘状的市集广场上，广场别具一格，曾被授予过设计大奖。流动家庭放出水牛、奶牛和公牛，在他们闷热阴暗的屋子门外吃草，在屋子周围的是手里端着白色星巴克杯子、一脸严肃的人们，他们在入口处扫描过自己的视网膜，乘坐时髦的直达电梯上到他们装有空调的明亮的办公室里。身后，皮包骨头的流浪狗们立即在办公楼墙的外侧聚集起来，那里正在召开大额预算的管理会议……村舍造了一半，花园被用作了市集工作人员的停车场……推搡、冲突、争执的迹象，互争互夺的丑态。加固过的混凝土天桥上正在出售零零星星的违禁品。白烟从卖肉丸子的流动商贩那锈迹斑斑的烟囱里升腾而起……大型建筑物的侧面被漆成了墨黑色。国际品牌在汽车厂商油腻的楼房和透着油脂味儿的零售餐厅间七倒八歪，正执念于他们坚定不移的企业形象，努力装腔作势……坑坑洼洼的道路……破败的人行道……影印机……清一色的建筑物……影印机……清一色的建筑物。不同的颜色。淡草绿、粉红、米黄、蓝色的公寓。每个公寓楼上都有三至四个碟形卫星天线，一朵顶着一朵冒芽，仿佛患了病、发了霉、生了锈、遭了污、沾了毒的菌菇。被荒废了的屋子焦灼地等待着，向或许会取代它们的高楼大厦的虚构的阴影寻求庇护。骑着摩托车、戴头盔的快递员像是寄生虫般四处乱闯，把路上的泥泞溅到狭窄的人行道上，穿过肉丸子商贩烟囱里冒出的烟雾，随之消失在了公共汽车之间。理发师正在为要去参加长时间会晤的女企业家们做着准备，烧焦了的头发味儿弥漫在街道上。呈草皮质地的绿色地毯上，是塑胶的桌椅。

在通身镜面的高楼大厦里，有人向那些正在找寻淳朴气息的人们提供茶和汽水。汽水端上来时，瓶子里插着浅黄色的吸管。当你把吸管推向瓶底的时候，会反弹回来。这一反弹将我弹回到二十年前。我喝完汽水，拿来账单。付钱，起身。

像是真的

我在照相馆里，嘴里留着午餐时留下的肉味，肉带着血，煮得很生，吃完身体沉沉的。我干坐着，无所事事。所有为群展做的准备已经完成了。我拿到忙了数月的照片冲印件——继续在那里替来换去，不断变着主意；不停调试它们的色度、对比度和饱和度——在递送到展览部时，我感到一阵空虚，因为我在安卡拉的展览开幕前无事可做了。

一个中年男子顶着一颗正在脱发的大脑袋走了进来，白色衬衣领子从他的棕色运动衫里露了出来。他的脸上有一种表情，像是打算索要一些没人开口要过的东西。

"你好，你修旧照片吗？"

当发现自己猜对的时候，我吃了一惊，一种不安的吃惊……一阵轻微的晕眩。有那么一瞬间，我甚至怀疑自己在那片街区的逗留，让我发展出一种读心的本事来。真有这种本事吗？

"可以的。你是说着色那种吗？"

"是的，是的。"

男子从自己包里取出一大张破损的黑白全家福，三代人里显然包括了已经不在世的家族长辈、中年，以及孩子们，其中一位或许就是我面前的男子。

"你能给这个上色，擦掉那些裂缝和皱褶，或者其他的破口吗？如果不太麻烦的话。"

"没问题，不过这样不是更好吗？"

他愠怒地看着我的脸，仿佛我亵渎了死者。

"不管怎样，你原照还是会在的。上色的那张，我会如你所愿准备好的。"

"谢谢。麻烦你给它好好上个色了，可以吗？"

有那么一瞬间，我与照片中一位老妇目光相遇。她神情羞涩。她肯定连做梦都没想到她的这张照片会在约半世纪后被带到一家照相馆里，被她腿上的孙辈们拿来上色。我更仔细地研究起来。另一端的他似乎发现我的问题有道理。但我不打算用屁股思考，然后说这看似呈浅色的眼睛是蓝色、还是绿色或榛子色……

他眯着双眼，我不知道他是在试图回忆起它们，还是在用眼睛来辨识。"绿色，"他说道，"深绿色。"从姿态判断，他显然对此并不确信。

在消防安全出口处瑟瑟发抖地抽完了烟后，我回到自己的电脑前，将这张老照片做了扫描，把它放到图片编辑器里进行一番改造……我煮了咖啡。打开埃克森牌收音机。一首来自水星逆转乐队①的苍白无力的曲子……我调高音量。我首先清除了起皱出褶的地方，去除掉纸上的折痕，然后开始给这黑白色的家族照上色。"非常好，让我给你们的脸弄点儿颜色。"我看着这个脸颊呈粉红色的家族被人为地翻了新，轮到他们用炯炯有神的瞳孔看向我了。在我看来，这已经变成某种骇人的东西了，但我那位顶着硕大脑袋的客户却钟爱于此。

"大师，您真是鬼斧神工。我没法相信自己的眼睛。棒极了，像是真的一样！"

他迅速将那张残破的真实照片塞入背包后方的口袋，把新的像是真的

---

① 水星逆转乐队（Mercury Rev），美国独立摇滚乐队。

一样的那张照片放入我给他的信封里，小心翼翼地摆在前边的口袋。他从棕色的皮夹子里取出钱。我们道别。在门口处，他差点撞上了绿眼睛、面相狡黠的购物中心经理，一张晒过日光浴的脸，蓄着略斑白稀疏的山羊胡子。

我们的经理颐指气使地走了进来。他穿着装模作样的衬衣，手里攥着最新款的手机。尽管花了不少钱来让自己看起来像个世故老成的名流，可还是没能摆脱身上强烈弥散着的流里流气。我可以想象他坐在一处街区的围墙边上，手里拿着一罐啤酒，脚尖荡着一只夹脚拖鞋的画面。这回，我却没法从他的神色中判断出他进来想要些什么。或许是因为日光浴。

"你好。希望你工作顺利。"

"你好。"

"我现在要把所有店铺都转一遍，顺便通知下我们商场要实行一项新的改进措施……"

因为习惯了自己每到一家店铺都会在门口处受到别人的欢迎，奉上茶水或是咖啡，所以当面对我的无礼时他却退缩了，他尽力不表现出来。他放下自己的高架子，直奔主题。

"事情是这样的：商场的闭路音乐系统会延伸到所有的店铺里，然后安装新的扬声器。意思是说，在外边儿走道上播放的音乐也会在店铺里面放了。"

"这非常好，但是他们在闭路系统上放的玩意儿实在吓人。"

"这个企划被认为是符合商场的统一化理念……管理高层要求这

样……"

这些人对于适时推卸责任的做法从不拖泥带水,其他时候只要有机会就紧抓不放建立权威,他们对权力的喜爱足以使之成为他们的绊脚石,他们对权力的鼓吹也足以令他们失去理智。

"我更喜欢在店里播放适合自己的音乐。另外,每家店铺都带有不同的企业标识,为什么要在每个角落都播放同样的东西呢?多落伍的企划……"

当他听到"企业标识"这一来自他的领域的术语时,稍许轻松了些。再者,穿着入时又手提最新款手机的他,最不希望受到的指摘就是"落伍"。

"我和你想的一样,但是企划就是企划。"
他同我想的完全不是一码事,总之他根本没有想法。
"那样的话很好,那我们能对此做些什么……"
"祝好。"
"同祝。"

我感到自己的五脏六腑因为怒意而战栗,肘部失去了知觉,平素鄙夷的购物中心让我再生嫌恶,而我此时正在这件嫌恶的事物内部继续呼吸着。我是组成它毫无品味的闭路音乐企划的一部分,令人毛骨悚然的电子音乐也要在我的照相馆里播放了。我将自己的背部向后方延展,不让自己在站立时弓着背。这一看似并不起眼的事件,隐约透露出其意义重大,预示着我单调乏味的人生新篇章已经开启。

第二部分

> "一个人的过往若是在历史中占到了四分之一个世纪，它引起的不再是他本人，而是他人的兴致。"
>
> 斯蒂芬·茨威格《心灵的焦灼》

有天赋，但资质平平

安卡拉展览开始的前一周，酒店订单和长途汽车票被发送到了我的地址上。展期有四个星期，我会在安卡拉先逗留四天。这段时间我脑子里翻来覆去的是那些即将安装在我照片对面的自动步道，它不能太快，也不能太慢……但要比观赏照片的平均时间略短一些……有一同参展的朋友对自动步道这一主意大加赞赏，并厚颜无耻地坚持把它做成展览主题，对此我扯了个小谎，说这个想法是我照片的一部分内容，拒绝了他。等到他在展览上看到我的照片其实是独立在外的时候，可能会有点儿恼火的，但幸运的是，艺术本来就是相对的。我打包好一个小行李箱，天开始黑了。我吃下两颗放松肌肉用的药丸，把盒子丢进我的手提行李，将巴士车票对折放进自己的口袋。

巴士开始移动,自动步道的机械装置这会儿应该正在安装。巴士在长途汽车站里缓缓前行,随后驶上机动车道,提速。我向后靠了靠,透过宽大的窗户向外望去。

刚开启的旅程将我带回到另一次夜行:曾经的一班通往伊斯坦布尔的巴士——通往我作为摄影师的梦之都。这感觉像是超越了记忆……比鲜活的回忆更能让我大脑的某个角落苏醒过来。仿佛一台记忆机器被发明了出来,在长途汽车公司的赞助下进行了一次试运行。我的肌肉逐渐麻木,昏昏欲睡。我的眼睛迎上飞掠而过的死气沉沉的柏油路……又开远了一些,道路加入了曾经的旅程。

我把脑袋靠在冰冷发颤的玻璃上,就在此时……冰凉的战栗蔓延到我的大脑深处,从此次的旅程蔓延到下次,波浪似的一波接着一波。我将视线从向着远处电线杆延伸的白色路标上移开,电线杆挺立在树与树之间,同白色路标一样,以同等的间隔重复出现。至于后方暗处的树丛,其排列顺序则是完全的混沌,它们的间隔距离没有什么秩序。接下来的景致彻底变了样,一处宽阔的峡谷,顶上有几头吃草的牛。接着是建了一半的屋子,有些亮着灯……裸露的灯泡……摇曳的荧光灯……蓝色的电视机屏幕……前面有洗好的衣物在黑暗中发着白光。它们的顶上,是硕大的碟形卫星天线。

当然上次旅行的景致是不同的。沿路是无尽延伸的岩石峭壁,岩石的面貌模糊又多变,温柔的,胁迫的,好奇的,焦虑的,责难的,倾慕的,踌躇的，离经叛道的，无动于衷的，病怏怏的，骚动不安的，苦恼的，紧张的，羞怯的，还有受惊的，这些拟人的面部相互融合，又相互做出各式各样的窃取和效仿……我正从安卡拉前往伊斯坦布尔，经过它们变换的表情，一路与我大脑的振动同步。当巴士加速，视线模糊在了黑暗里的岩石表层，我开始每秒遭遇三至四个不同的表情。一次对人性历史的粗略总结……一百位土耳其伟人。来自岩石，来自石器时代。然后新的景致出现了，新的熟悉的，熟悉的却是不同的，不同的却是相似的，相似的却又不相同。我再一次在战栗着的巴士窗玻璃后方，用同样的已经阅历无数的眼睛看向这不同的景色，那天的精神状态已然垮了，仿佛自己穿着一件过时的开衫一般忍受着它。

长途汽车公司丑陋的企业标识，让人们无从想象这趟车上正在举办一场科幻小说节。穿开衫而温暖起来的身体，携着我那与战栗的玻璃同频前进的大脑意识，正深陷于这趟带我前往伊斯坦布尔那段时光回廊的巴士之旅中。那些日子里，我人生的唯一目标便是成为一名优秀的摄影师。一辆反向行驶的客运汽车从我们身边开过，白色车灯刺眩了我的眼睛。我的肌肉彻底放松了下来。巴士正在前往伊斯坦布尔，要让我成为一名最佳摄影师……我知道这会是一次漫长的旅程，无比的漫长……但我打算为这一梦想付诸耐心、勤勉、决心、专注与投入，和所有我眼下想不起来的其他品质，这或许只是个空洞的信念。有天赋，但资质平平……将来当我回首这段往事，会以为是一个喜悦中掺杂悲伤的卑鄙理想。而当眼下去追忆这个曾经属于我的梦想时，我完全失语了，体内有一种难以形容的骨枯之感。"骨枯"可不能被用作形容词。

我漠然地看向车外，大脑盘桓在那次旅行拐过的弯道上。事实上，为塔伊丰工作并非摄影师的梦想，但我别无选择。他是我们认识的唯一一名摄影师，一个不入流的摄影师。他是那些工作人员中会拍照的其中一个。匍匐在人们的脚下，为来酒店宴会厅参加婚礼的人们拍下他们的千姿百态，一位婚礼摄影师。而我要拍摄的照片，曝光的是一些精神性图像。它们又回来了，一如既往。那可能是些不同的照片，尽管我自己无法看出它们之间的差别。而这会儿，我眼前漂游的影像是那些佯装欢乐其实抑郁的人们，在灯光下，舞池地板上，铺着白色桌布的长形餐桌前，铺满地毯的走廊上。

回忆被唤醒之时，一切已然发生变化。大脑感知到记忆中的过去时，往往像重新经历了一次，每一次又会对其重塑一遍。就像我在购物中心的照相馆里整日折腾着图像编辑器来编辑、保存、退出的展览照片一样。随着记忆的每一步操作，一张新的图像便覆盖在了它的旧模样上，而每一次新做的保存都与原始图像有所区别。这意味着，唯一能够保护一段记忆的方式，便是不要将它记存下来……存储记忆的大脑会将它们拆解。一段回忆的图像文件会归并在大脑的一处区域，文字信息则在另一处，情绪情感又在另一处。眼下，所有这些支离破碎的部分，在这辆伴随迸发的记忆一同前行的巴士中，完美地结合到了一起。战栗的窗玻璃正用心将不同文件中的碎片聚拢起来，对它们进行精细的同步整合。

我感到焦虑。我对自己正在焦虑这件事感到无能为力。"你必须有一个起点……那个起点就是和塔伊丰一起……"我想到。从这些岩石的棱角和裂缝中，我仿佛看到了未来拍摄的照片上微笑着的面庞。他们变换神情，仿佛正在对那个看着它们的人施眠。我被广播声吵醒，鬼魂般从不通风的巴士的高温中下了车，来到充斥着新鲜空气的寒意之中。我们正身处博卢①某个深雾、昏暗的地方。砂糖已落入茶水，我搅拌了一下，内心暖了起来。

我跟在它的身后

记忆呈块状涌现，伴随着不必要的细节……在令人恼火的熟悉的伴奏下……随着每一分钟流逝，往日岁月便靠近一些。我的眼睛留意到前方椅背上白色网兜里的一张票券，我感觉自己上错了巴士。目的地和时间都混淆了起来。

要我记起后续发生的事情并不困难：我在五星级酒店艳俗的大门前下了出租车，那是我的工作地点。我将在酒店宴会厅举办的婚礼上工作，住在职工宿舍里。我对自己的新工作一无所知。我扛起行李箱，向着玻璃门背后自己不确定的未来出发了。我不知道自己身上会发生什么，也不知道冒险做这份新工作会有什么结果。"我当时并不知道会有这种结果，眼下，我正佝着身子坐在另一部反向行驶的巴士上并不舒适的座椅里。"

我的远亲塔伊丰正在大堂里候着，他见到我似乎很高兴。他接过我的行李箱。我惦念起行李箱的颜色，但记不起来了。我跟在自己没有颜色的行李箱身后。他穿一件格子花式的厚料子衬衣，与我脑海里摄影家的形象

---

① 博卢（Bolu），土耳其西北部城市。

并不相称，垂在背后的长卷发像在预示着要出什么岔。我跟在后面，脑袋晕乎乎的。我们径直去向我的房间。我们在走。我们到了。房间比我想象的要小。塔伊丰把我的行李箱在一处角落放下，告诉我到他房间的走法，之后说道，"你旅行也累了，好好休息吧"，便离开了。我从长途汽车上下来，便在即刻招到的计程车里睡了过去，到了酒店门前才睁开眼睛。我一踏进酒店，径直进了房间，这房间便成了我在整个伊斯坦布尔见到的第一处地方，一个代表伊斯坦布尔的小职工宿舍……最最小的盒子正在将我封存起来……我打开行李箱，将行李放到橱柜里，只花了几分钟时间。

我开始住在酒店里。完全不去想工作……我散了步，把伊斯坦布尔游了个遍，参观了所有的博物馆、美术展和摄影展。我没带相机，只是在伊斯坦布尔里游荡，伊斯坦布尔在我的脑海里化作了一张巨大的三维立体照片，在某些东西的遮蔽下……骚动不安着。每次询问何时开始工作，他们都叫我不要操之过急。当时不是婚礼旺季，他们说："充分利用好这段时光，等婚礼开始，你会十分想念它们的。"我没法充分利用我过得坐立不安……或许是我人生中最为坐立不安的时光了。

事实上，婚礼随着春天集体爆发了，酒店的两间宴会厅一直订到了夏季末。第一场婚礼在两天之后，准备工作必须开始了。我们走进照相馆。结果！环境与我想象的不同。这是一间类似政府办公室一般令人沮丧的房间，照相馆的字样是用丑陋的字体写在门上。我的视线立即移到了镜子前方柜台上的两台巨型佳能相机，都是专业级的相机，能换镜头的那种……我想要触碰它们的欲望开始滋滋冒泡。在相机之后，我感知到站在相机旁的那些模糊不清的人们。我的知觉在一位身着开衫的白发男子身上锐化了起来:"这位是杰米尔,我们的影印师,"塔伊丰说道。我的眼神移向一位神色疲倦、留胡茬的卷发男子身上:"然后这位是我的搭档,奥斯曼,他也是著名的摄影师。"随着这最后一句话,周遭环境似乎模糊了起来。有两位摄影师。和两台相机……我的心在悲恸中被揉碎了。"你的工作是把照片发送给它们的主人,确保它们能卖出去。"

"换句话说,你是顶梁柱。"奥斯曼说,他微笑时露着泛黄的牙齿。这是我听他说出的第一句话,给我留下的是令人怨忿的印象……一句酸涩、消沉的"好吧"从我的嘴里说了出来。我那从进入酒店大门便开始褪色的梦想,随着我在那间镶了木板的昏暗房间里受到的打击,已经变得无法辨析了。奥斯曼热衷于谈话:"千万别在意他说的话,'伙计。'塔伊丰是老板。事实上我是他的助手。而杰米尔是影印师,就像他说的。"

一切清晰明了。奥斯曼和塔伊丰负责拍摄,杰米尔负责把它们打印出来,而我则是把印出来的照片放入白色卡片中,附上宴会厅的图饰,然后分派出去。夜晚我要在黑压压的宴会厅里度过了,找出照片上面孔的三维立体主人。也许我的人生恰恰是这样度过了,这种不安自我心底升起,感觉自己被困在了一部电梯里。我要把照片出售给醉酒的人们,恫吓他们看看。几张以后,他们便再也不想多买一张了。我会不断威胁他们。我来伊斯坦布尔是要成为一名摄影师的,我得表现得像有思想的蠢货。或许事实并非如此。但极有可能正是如此。起初,这个意外的安排令我寝食难安,它将我击垮了,令我垂头丧气,心烦意乱,自尊极度受挫。它在我和我的理想之间降下一片尘雾,好在我及时适应了过来。我尝试去想,这片雾霭是暂时的,就像载我来这儿的巴士一样,停下来稍作休息……随着道路前行，雾霭会消散的，我应当打起精神。总有一天，我会摆脱这舞池地板上的造雾机。我对自己屈尊献给工作这件事再无异议，默默地将自己埋进烟雾之中。我开始抽烟，开始在困拘我的电梯里生活起来，机械地派发着照片。几乎每个夜晚，我都身处于不同的婚礼。我的人生成了一场弥漫于汗水，红酒，口气，香水和食物气味的无止境的庆典之中；现场音乐，掌声，尖叫，还有扬声器里回响的"我愿意！"，交融在一起。

每一夜都是相同的花样

婚姻：理想爱情的终点站……每一个年轻姑娘的梦。穿上属于自己的婚纱，成为当晚的明星……把象征着将人生托付于丈夫的凤仙花①穿上涂上，身披象征着纯洁、无邪、童贞的白色，远走高飞。从她父亲的身旁安全起飞，在她丈夫的膝边轻柔着陆……与所有庆典一样，这一切都由始至终的丑陋，充斥着矫饰……所有庆典都是一套生硬的模式……每一夜都是相同的花样……相同的场面，相同的歌曲，相同的演出、笑话、礼服、发型、人群的种类、舞步和酒水。餐巾布和玻璃杯边缘上的相同的渍迹……

这些本应最特别的夜晚，却一致得令人发狂……只有脸是不同的。人脸对于我的职业而言是生死攸关的器官。人脸互不相同，神情却是相似。由劣质的拍照机器复制过来的死气沉沉的表情……

连着数月，我仿佛重复地在看一部蹩脚的电影，夜夜观看。程序条理

---

① 土耳其婚姻习俗中有一条，即婚礼前一天晚上被称为"凤仙花之夜"，由亲人替新娘于手心和脚心抹上花汁，然后唱歌或跳舞，哭诉离别惜情。

分明：先在舒缓、造作的异国歌曲伴奏下，抵达鸡尾酒厅……浓郁的西式舞厅的氛围……优雅的抿酒、握手、擦身而过时的对话、渐渐聚集的熟人、如寄生虫般围绕在家长腿边的孩童们……

然后穿行至沙龙。到达餐饮宴会厅里……尝试忘记来自真实世界围剿的各样仪式——换句话说，忘记环绕在酒店周围的汽车产业区和下等酒馆——在"宴会厅"这一称呼的担保下，引起了童话式的感受。坐在餐桌旁。随着头盘上桌，挑选酒水。

在土耳其流行音乐的过渡下，还有酒精的作用下那个真实的自我被触碰了。最终还是沉沦到了肚子底下，民谣和吉普赛舞曲起。到了最末了，傍晚初始时一丝不苟穿戴着的夹克外套，像破布似的系到了腰间，或许还缠在了手上……

瓦解的过程总是别无二样。无论夜晚初临时奏的是何等拔萃、精选、别致又具欧式情怀的曲子，到了夜的尽头，都成了带有阿拉伯风味的简单粗糙、勾起动物本能的类别。坐下时是西方式的作风，站起时变成了东方人的派头……清醒时还是西方人，醉了时便又成了东方的……起初是法兰克·辛纳屈①，后来成了凯南·多乌卢②……

几乎每晚都得一遍又一遍地目睹这恼人的例行程式，极为叫人气愤……甚至在他们穿门而过时，我都能毫不费力地看到那些显赫的宾客化身成汗流涔涔的动物。如今，我的判断再也不出错了。我在脑海里为每一

---

① 法兰克·辛纳屈（Frank Sinatra），美国歌手、影视演员、主持人，被誉为"二十世纪最伟大的艺人"。
② 凯南·多乌卢（Kenan Doğulu），土耳其流行音乐歌手。

个人规划出的结局都精确地兑现了。熨烫过的衬衣挂在了裤头外边,湿答答黏着汗贴在身上。浸透的布料下显出粉色。乳猪们。在舞池地板上仪态粗鄙,东跌西倒……仿佛那些早晨被留在幼稚园时还打扮得漂漂亮亮,傍晚被接走时却像从战地回来的孩子们。仿佛身上洒了水,半夜过了才被发放食物的小精灵们。每晚都是同一部低劣的电影……《小精灵一》《小精灵二》《小精灵三》。只有脸长得不同。毕竟,若是没有这区别,我是没法把照片分发出去的。脸长得不同,神情却是一样的。

宾客,同夜里的流程相比,都是相同的。男人们与我们侍应生同事一样,几乎都穿着制服。蓝、白、灰色衬衣。他们的脖子上垂着令人窒息的领带,好像一条死蛇。脚上的鞋子闪闪放光,如同巨型蟑螂。夹克外套成了逆向进化的文明轨迹:傍晚初时穿在它们主人的身上,中途到了椅背上,末了塞到了腰间。

女人们则严谨地与邻座的人们保持同步。比日常生活里还要高级的发式,像蛋糕模子式的头发外沿,一位比一位蓬松。大脸盘上盖着丰盛的妆容。战漆一般,鲜蓝色和暗绿色的眼影。晚礼服、开衩、低胸礼服,还有贴在汗涔涔、冷飕飕的背上的艳俗的闪片。晚礼服由网纱、褶边、蕾丝、珠片、串珠、金属饰品、蝴蝶结和做褶的料子构成。

我在国立医院当医生的叔叔,在我找到这份工作的时候,说:"你很幸运,因为要跟你一块儿的那些人总是开开心心的。"他又补充,"只要想想我,每天都跟闷闷不乐、阴阴郁郁的人在一块。"只有遭受过的人才知道,我的经历要远远更为令人消沉沮丧。

一场意料之外的相逢

立刻要打的照片成捆地堆放在我的桌子上。一张压着一张，仿佛是亟需处理的文件。我会迅速把那些眼目斜视、表情空洞、神色呆滞的照片扔开；还有那些比起自身条件显得丑陋的人。闭眼或红眼的，张嘴或歪嘴的，弓背或体态扭曲的，后来我都摆在了小间宿舍桌子底下红色篓底里，它们仿佛跌落进了地狱的火焰，在那儿，这些正要入到我的梦魇里、令我窒息的天生怪诞的畸形之人被付之一炬。我曾经常用不光彩的方式，来摄取理想的画面，如同一位试图捕捉到国王最崇高、最贵气、最具魅力的仪态的宫廷画师。

然后，我替换掉了那些遗留在卡片上姿势不错的照片。我会把扎堆在木质书架上的空卡片推倒在书桌上，把照片装进去。我曾经总随身携带尽可能多的照片，回到宴会厅里。回到餐桌之间。在廊廊柱柱间穿梭往来，寻找自己手里这些乏善可陈的照片里精神矍铄的代表人物，属于卡片与卡片间静止面容的有动态的真人。找女人容易。在面对装束发型同出一辙的男人们时，我的工作更加艰巨。当我找出他们时，我会彬彬有礼地如同展开珠宝盒般展开劣质的卡片，为了所属人的利益将它们呈上。他们看向端在面前的照片，仿佛是在看着一面呈现着不远过去的魔镜。在恍惚间瞧了数秒钟后，他们认出了自己。一场始料未及的相逢。他们要么会将它们买下，要么退回、道谢。填塞在他们认出自己前的那段时间里的异样沉默，成为了我的某个执念。我会从后方靠近他们，迅速将照片塞入他们的视野。

随后我让自己的注意力集中在这一瞬间，让时间放慢下来，望着他们。认出后的局面是熟悉且无趣的。但在认出自己前，他们的样子则是极为放肆狂野、令人震惊、荒诞离奇的。空洞的眼睛盯视着他们自己的脸庞……至少与照片上那些同样平淡无奇。如此平淡无奇，以至于你都没法知道谁在看着谁。

酒店里有一间小宴会厅，和一间大宴会厅。婚礼通常在大间举行。有些晚上，同时在两间宴会厅里举行两场不同的婚礼。大宴会厅里举行规模大的婚礼，小宴会厅里举行规模小的……宏大的期盼，微渺的幸福……女人们穿着自己的礼服。款式有大有小……簇拥成群。为了对长辈以示尊重……就如他们当学生时宣誓所说的。

我正在大宴会厅的一场拥挤的婚礼的人群中心。我一边忙得像只蜜蜂，一边迅速喝掉瓶子里遗留的威士忌、葡萄酒、伏特加、杜松子酒和香槟。我通常在工作时没有喝酒的习惯。但那个夜里，我因为某个原因，自甘堕落得喝了起来。我一喝再喝。到了夜的尽头，我醉得没法找出照片上人脸的主人了。当我从照片上的面孔抬起自己充血的双眼，看向自己面前那几百张脸时，他们所有人都与那趟将我拖入这场梦魇的巴士旅途中所到过的黑色岩石上的面孔掺混到了一起。

我先是在自己面前看到一张与照片上相同的面孔。我向前移动，小心让自己别摇摇晃晃。当我走上几步后，眼前的面孔变了形，化成了另一张面孔。惊骇中，我查看自己手中的照片。是别的什么人……我看向四周。前方，另一隅角落里，我看到了照片上那人的真人面孔。我迅速迈步向前。

地面从我的脚下持续滑离。我逆着地面在我身下滑离的方向，跑动着。然而，又一次，在我还没能来到照片主人的身边前，脸就变形了。有整整三十分钟到四十五分钟的时间，我浑身冒汗在宾客间穿梭，一张照片都没有分派出去。卡片在我汗涔涔的指间变成了面团。有风湿病的长者坐在角落里，拿不照音乐节奏鼓掌的掌声当伴乐，淌鼻涕的孩童在舞池地板上盲目地向着彩灯胡追一通。那骇人的夜晚，本身也扭曲变形了，苦恼满满、耷拉下垂、肿胀膨起的面孔，几年以后，当我睡在一片自己并不了解的地区里的一间陌生屋子的地铺上时，将以艺术展的形式，进入到我的梦里来。这也是我的展品主题的灵感所在，我将每一件展品都取名为"未命名"，我正在前往的亦是这场展览的开幕仪式。过往、眼下、梦境、现实、理想中的画像和照片，如此混杂到了一起，叫人心生倦意。我的回忆随着我的肌肉一同放松下来，开始交缠；昨日与今朝，舍间与巴士，"那片街区"与我居住的地方，酒店与自己的家。我感觉到自己的内脏也交织到了一起。我那将它们统统吸纳在一块儿的皮肤也在经受着威胁。新的印记正在为它们寻找着空白的地方。

　　再一次，我回到了那个夜里。回到那夜在职工宿舍做的梦魇里。我正睡在书桌上新印制的照片堆里。木质的表面与床铺一样舒适。我随着一声吵人的敲击声醒了过来。声音自下方传来。我书桌底下的垃圾篓子正在颤抖。过了片刻，从篓子底下，红眼、斜视、佝偻的人们，歪着嘴，开始向我靠来。我丢开盖在我身上的照片，仿佛丢开一张被子，从书桌旁站起身。房间里充斥着在半空中慢动作飞舞的照片。我沿着酒店的走道飞奔，逃离正在追逐我的装扮时髦的生命体。无论我何时转身向后看，我都看到他们的脸正在变形扭曲、相互融合。在他们之间还有岩石脑袋。

当我早晨从梦魇中大汗淋漓地醒来时，我已经决心辞职了。如果我继续留在酒店，我将永永远远地无法离开了。我的未来会是在这儿了。换而言之，我不会有未来了。我将无法从事摄影。我将无法成为自己。早上，我带着自己的包，走了，不顾一切，这么想着。当我早上醒来时，意志软弱。在我起床，用过早餐后，带着困意，追逐新生活的念头仿佛困难重重。其后，我又继续在酒店派发了一年半的照片。

多彩的纸片正掉落到我们的头上

约一年半后，他们又给了我一台相机。他们还找了某人来接替我。那种叫人恼火的类型，比我长约二十岁，单调乏味，兴致匮乏，眼睛颓靡，时常偻着身子。当有人向我介绍他的时候，我因为不用再分发照片而感到高兴，同时也因为一个如此褴褛的人替了我的位子而感到受伤。他是新的"顶梁柱"。

我终于开始拍照了。我当然也在间隙时拍摄属于自己的个人照片。这是我所从事的第一组具有设计概念的照片系列。概念主题则是预料中的："试验性婚礼摄影。"组成这一系列的照片与我出售给宾客们的那些存在着反差，照片上的模特们朦胧晦涩、与众不同、不拘传统，有时也令人心惊胆寒……在水玻璃后方、透过盖满了全脸的毛发、从餐桌底下拍摄的引人发恼的照片。磕磕绊绊、跌跌撞撞的人，在角落里呕吐的人，干架的人，流着鼻血的人，擦汗、打哈欠、调整镜片……在每一场婚礼上都会发生、却从未出现在任何一张婚礼照片上的瞬间……我几乎开始每晚都拍上几张，将它们保留起来，梦想着未来用它们来举办一场展览。在我的脑海里，我甚至还以镶宝石、写金字的婚礼请柬的形式，设计了自己那寒酸落魄的展览邀请。按照宴会厅风格来布置的展厅的装饰逻辑也清晰可辨。然而，这场展出仍是一场梦。当我从酒店离职时，我并没有举办独立的展出，而是开设了一家和购物中心连在一块儿的照相馆。当然有我家人的支持……在我照相馆开设前零碎的两年，耗费在了婚礼摄影上。

我的生活并未随着拍摄照片有了多大的起色。这一次，我落入了另一轮枯燥乏味的例行程序中。而且，我开始真的喝酒了。我把瓶底的残剩物不断混到一起。我常常喝得酩酊，以至于发生的事情次日里大多记不得了。而现在，我正在忙着回忆那些我记不得的日子。

我几乎每晚都喝醉。然后把自己扔进人群里。半夜里，当音乐突然活跃起来，宾客们开始跳舞，沉沦在踢踏舞与肚皮舞之间未开化的体态。有些人跳到了半空，有些人膝盖跪地，沉到了地上。孩子们扑到舞池的地板上，翻来滚去。我曾经总是带着醉意，小碎步往来于闪烁的彩灯和喷洒在其上的浓雾之间。我像个与死亡共舞的战地记者，在遭受了炸弹威力而垂死的人们之间，一张接一张拍着照片。我处在一场永无止境的战争之中。每日晨间刚签下停火协议，每日夜里一场新的战争就爆发了。

酒精度数与我同宴会厅疏远的程度成正比。我混瓶底残剩物的程度已经到了甚至连面前站着的活人于我而言都变得有趣起来。他们像疯了似的跳舞。一间对外开放的、张灯起烟的疯人院。

只消看看人类物种。他站起身。他学着保持平衡。他发明了叫做吉他的东西。他拨动琴弦，此类云云，拨弄声音。随后他凭空想出鼓来，一次敲打两只。一种叫音乐的东西。一种并非……不同的乐器等等。他在它们之间达成了和谐。他随即想把将它们录存下来。由此他能再听一回自己的演奏，由此他不演奏也能重播了。随后他发明了一种叫结婚的东西。他开始一边听着录存下来的乐器的声音，一边跳舞，他发明录存用的设备甚至是在他得以适应直立之前。一种并非……他生产了一种叫纸的东西。他把他早先找到的文字转移到了上头。又是一种录存。随后他想到给纸上色，将它切割成极小的碎块。砰！五彩纸屑。多彩的纸片正掉落到我们的头上。他发明了婚礼，如同发明击鼓、低音吉他和扩音喇叭。他发现了照相机。又是一种录存。又然后，他发明了一种叫做摆姿势的东西。一种并非……他想到打印照片。他把照片打在他早前发现的纸上。而我现在正在将它们分发给他们的所属人。人们在五彩纸屑的雨中跳舞，而我在他们之间……

  一天早上，当我从这场其中交织了试验性婚礼照片的梦魇中猛地醒来时，我再一次决意离开酒店。时间为凌晨五点。待我床头的闹钟消停下来，尚有许多的年月。即使我还没有睡够，我的内心却充斥着从床上离开的欲望。我打算下午同塔伊丰进行谈话，然后离开酒店。这次我很确定。

  我感觉到只要我还待在这里，我就快被消磨在酒店的走道里，然后消失。对于要一辈子留在酒店的恐惧感成为了我的一种困扰。我活着的每一秒钟都在担心这件事情可能发生。一种慢性的、没有尽头的不幸……我感觉自己在这儿要变蠢了。甚至连我的音乐品味都被摧垮了。我不再受到婚礼上播放的骇人乐曲的困扰。我不再渴望冲回自己的房间、戴上自己的耳机、听属于自己的音乐了。在相馆里连续播放的电子音乐已经成了我人生的背景配乐。那个接替我的雇员在我哪怕一秒都无法忍受的音乐的伴衬下，一题接着一题地解着填字游戏。更为糟糕的是，他不断拿着他不懂的单词来向我发问。也不看看我是否在忙……他问填字游戏里的单词，而我却没法问他是从哪儿找来这奇怪的音乐，他又从这可憎的韵律里得到了什么乐趣。我发现自己身处其中的每一种平庸乏味的事物，已经成为了我的生活的日常细节。我必须离开这里。离开摄影，在我更为憎恶自己之前……我必须让自己重新振作起来，得以重新安排我与摄影之间的关联。

我离开了压得我喘不过气的职工宿舍。我点上一根明令禁止的香烟，穿过走廊，走道似乎比往日还要长。宴会厅空空如也，这或许是我最后一次穿过宴会厅浮华的大门了。一阵既发人警醒、又令人宽慰的荒芜感，仿佛有一队喧闹的鬼魂方才从这里经过。这间消磨了我数年时光的宴会厅，我在它的每一个角落里都曾拍摄过上百张的照片。在这里，回忆并不像那些四处悬挂着的诱人装饰品，而仿佛成了抱了恙的内脏。大厅的天花板被挑高了，我拖着双脚慢吞吞地朝四边走向辽阔的地毯上。每个夜里，我仿佛在进行障碍滑雪般，为了避免与宾客们发生碰撞而缩起肩膀、东奔西跑过的这片区域，变宽变大到了令人盛怒的程度。所有的一切都到了终结的时候。灯光熄灭，音乐停歇。餐桌遭了遗弃。舞池地板上空无一物。烟雾器入了眠。我朝着舞池地板喷出香烟烟雾。在变得澄清起来的烟雾中，我看到有某个人坐在前头。

我被困在这儿了

他坐在其中一张餐桌旁,喝着残留的葡萄酒。他见到我时所感受到的惧意,犹胜过我留意他的那一刹那。因为他一直是背地里在喝酒。随后,当他意识到来人是我时,放松了下来。他是餐馆勤杂工里的一员。深色皮肤,皮包骨头。尤素夫。不,不对,亚辛……他邀请我过去到他的餐桌旁。

"好吧,我过来。我也睡不着,我只是随处晃晃。"

我感觉到有责任走过去,坐到他的对面。他坚持我同他喝上些葡萄酒。

"那么继续吧,我去弄个酒杯。"

他因为喝酒有些迷糊,而我是因为睡眠。他问我婚礼摄影进展的如何。

"能怎么进展,亚辛。每晚上都是一样的折磨人……"

他谈论我的工作是如何令人愉悦。他才是那个真正遭罪的人。奇怪了,我很享受与他交谈。我突然发现自己正在倾诉着自己的烦恼。

"当然你的工作很艰巨,但……我来这儿,伊斯坦布尔,是怀着成为摄影师的梦想。亚辛,一个真正的摄影师。然而现在呢,我人在这儿。我说过我会在这儿工作上一段时间,然后坚持到底,成为一名正经的摄影师,但是……我被困在这儿了。我穿过酒店大门来当摄影师,却得知我要疲于把拍好了的照片出售给他们的主人,你没法想象那一刻我的失望之情。"

一定是因为葡萄酒的效力——谁晓得他喝了多少杯了——但他的反应却与我预计的大相径庭。他投来的一瞥让我觉得我微不足道的失望之情，与他的相比毫无意义，这一瞥甚至让我相信事实确实如此，他开始解释道。我第一次开始认真听他说话，而非仅仅只是为了装出在听的样子。

　　"哥们，这没什么……我来伊斯坦布尔是怀着成为导演的梦想。我应当去一处电影片场工作，对这份工作进行研修，然后成为一名制片人。这些想法眼下对我来说似乎有些好笑，但在那时候，它们是我生命中最为重要的事情。事实上，哪怕是现在，如果有任何人嘲笑我的梦想，我会把他们痛揍一顿。我自己笑话自己，但这并非重点。我有个亲戚给商业广告片的片场打光。他们把我送去他那里。我们坐下来，进行了一次长谈。我向他告知了自己对电影的热情。'你身上有束光①，'他对我说。"

　　"哈，哈！灯光师这么说的？抱歉，我没忍住，继续。"

　　"不，事实上你发现了一个有趣的点。我从未想到过。"

　　我们二人大笑了一会儿。在一间空无一人的宴会厅的一张无人使用的餐桌旁。

　　"你瞧，这个灯光师在我身上看到了一束光……好吧，那天我觉得自己幸福到了极点。'好的，'我说，'我这就入电影业了。'我被告知很快要拍一条商业广告片。一条巧克力的广告。'你可以来感受一下氛围，'他说。我会在那里被分派做某些简单的工作。直到拍摄那日我都睡不着了。我纳

---

① 原文"a light in you"意指你身上的悟性，由于说话人的身份为灯光师，light 在这里取字面意思"灯光"，成为一个笑点。

闷他们会给我什么任务呢。好吧,我身上有束光……我开始期待他们一定会把我叫到摄像机后面。事实上,我甚至还可以进行联合执导。不管怎么样,长话短说。我们去了片场。地方棒极了。正如我想象的。事实上,比我想象的还要大上许多……"

他说了多少回,"事实上。"
"巨型的灯光器材,话筒。器械和设备。然后女演员来了,然后,好吧,我们绝对不要过去那儿。世界上最美的姑娘……她从捷克共和国来的,事实上我还记得。我立刻问道,'如果她是外国人的话,怎么交流呢?'嗯,我是导演助理,所以得掌控住局面。我在研究细节。没有台词。姑娘只是咬了几口巧克力,然后微笑。巧克力条,统统拆开摆在一处,一条挨着一条排放在一张长桌上。"

我给自己的杯子倒满。他看见时,也给自己半空的杯子满上了。我们碰了杯,各自都啜了一口。
"不管怎么样,长话短说。你知道我那天分派到的任务是什么吗?举着姑娘咬完巧克力后要朝里吐的袋子。"

我几乎没法叫自己不把葡萄酒笑喷出来。
"我非常抱歉,亚辛。我的大脑彻底短路了;所以我才笑了。没错,你的失望更糟。事实上,是最最糟糕的。"
"事实上是正在感染到我身上吗,伙计?"

"笑吧，亲爱的。不管怎么样，我现在同你说这些就是为了大家笑一笑的。就如我说的，我现在也笑了。但我没法告诉你我当时的感受。他们给了我一个袋子。记忆恍如昨日：一个巨大的蓝色袋子，带一根抽绳。我站在角落里。灯光打了起来。我这辈子见过的最漂亮的姑娘，手里拿一条巧克力，在等候着。他们从对面打开吹风机，她的头发开始飞扬起来。我的老天，太美了，太娇柔妩媚了……然后她咬了巧克力。多美的嘴唇，多美的牙齿……她慢慢地咀嚼着。她闭起自己的双眸，怀着愉悦之情向后仰起头。我站在原地，举着垃圾袋子，魂都没了。之后，随着一声'开始'，我从梦里醒了过来。聚光灯一灭，环境刹那间变暗下来。我跑向那位姑娘。我打开袋子。她一边犯呕，一边把大家以为她吃得有滋有味的巧克力吐进袋子里。我收拢袋子，回到角落里。他们擦拭她的嘴唇，让她用水把嘴巴荡干净。他们整理她的头发，诸如此类。你明白的，让她的妆容焕然一新，诸如此类。聚光灯再次亮起。之后，她的头发再次随风飞起，她在巧克力上重新咬了一口，就是方才吐进我举着的袋子里的巧克力，着迷的模样仿佛是第一次品尝。她的第二次表演并没有蒙蔽到我。但我没法告诉你她是吃得多么有滋有味。她是多么开心。"

"直到他们说'切（cut）。'"

"就是这样。那天她朝我举着的袋子里吐了至少有五十回。我真真切切地感受到袋子变重了。这是我人生中最糟糕。最令人作呕的一天……"

"老天啊，这真是糟糕。"

"别问了，老兄。我希望我没有让你反感。"

"当然没有，亚辛。我听得高兴极了。虽然这是一桩让人痛苦的事儿。

你讲述得真好。如果你把它写出来的话，能成一个故事的，说真的。"

"谢谢。你不会相信，其实我还不知道你的名字，你的名字是？"

在我正要答复时，巴士上带噼啪爆破声的广播讯息开始在空无一人的宴会厅四周回响起来。亚辛和我互视对方，一边迅速喝掉我们的酒水，一边在听广播。"我们会有四十五分钟的休息时间，以便各位进食、如厕。请按时返回巴士。"

我点上香烟

我们要在那儿进行休息的服务站的白色灯光显露了出来，丑陋不堪。一件被留待悬挂在过去与未来之间的粗俗又冰冷的装置。背景里是令人不悦的广播。我如同一只古老的、冬眠的鬼魂，从巴士上令人窒息的高温中冲了出来。我的双腿似乎是属于他人的。寒冷的空气击打我的面孔。如同一记耳光。我看了看自己的手表。我们再一次来到了博卢的服务站。又是蒙着雾。食糖落入我的茶水。我搅动着茶水。身体里头暖了起来。

我付了账单，从满坐着疲惫的人的木质餐桌间走过。我进入到白得晃眼的盥洗室里。小便池向着远处延伸，直到视线的尽头，我朝其中一处撒了尿，随后痛痛快快地洗了把脸。当我发现没有装擦手纸的盒子，只有烘手机的时候，我拿手在自己的衣服上抹了抹，然后走了出去。我走向巴士。当我了解到距巴士启程尚有十分钟的时候，我站在服务站外围靠近峭壁的边缘上，点上一支香烟。我冷漠而忧郁的气质，因为时不时从余光查看停靠着的巴士而大打了折扣。起初,我站在这处悬崖的边缘吸了一口香烟,向着雾气看去,仿佛自己会永葆年轻。随后,我转移自己惶恐的视线,看向长途汽车,如同我会跑起来,上车,找到我自己的座位,与此同时迅速衰老、死去……

  我拿出自己的香烟。穿过了雾气。我摆脱掉这个二维的白色世界,在三维的、多彩的巴士里安顿下来。我们出发了。再一次。我把自己的脑袋抵在巴士的大窗户上,试图继续念想起过往来,仿佛是在渴望延续自己未完成的梦想。不管用。过往的密密实实,叫我没法在脑海中勾绘出单一的细节来。塔伊丰、酒店、宴会厅、瓶底子里的葡萄酒、职工宿舍和宾客,亚辛和照片们……它们仿佛是写在纸上的毫无意义的单词,统统悬挂在空中。一段被车技糟糕的巴士司机扭曲的过往……我将注意力投放在它们身上,如同在盯视着三维立体片。没有哪一样显出更深刻的意味了。我转头朝向长途汽车的内厢。如同是在面对当下。巴士天花板上按固定间隔悬挂着的屏幕正播放着一部电影。一部古老的美国西部片。在巴士寂静的昏暗中,我看着场景里牛仔们正在牛的皮身上打烙印。他们这么做是为了别弄丢自己的牛,为了记得后者是属于他们的。他们在它们的皮身上留下一个印记。为了能够以后记得。牛所承受的痛楚都被排除在画面以外。一种无以名状的悲伤在我的内心升腾起来。我彻底放弃回忆了。

  我开始计划抵达安卡拉时自己要做什么。我在刹那间从关于往昔的梦境中跳跃到了对未来的规划中。我的脑袋抵着在过去与未来之间颤抖着奔赴往来的玻璃窗户,我的身体代表着眼前的光景,在同一张座位上静止不动,如同一具方死的尸体。当我的脑袋抵着同一扇窗玻璃,想到未来,我陷入到快乐的梦境中，内心没有了扭痛，没有了悲伤——或许是因为巴士正在向前行进。或许是因为我正在思考着未被触及的话题，而不是那些已经历过的、被消耗完的、了结的话题。

未来在我的面前伸展开来，如同待售的空白照片画框，在我的写字桌背后站成一排，而写字桌则位于并不宜人的购物中心的小相馆里。颜色尺寸各异……关于过去，静存在附有酒店标示的白色卡片之间。我无法回忆那些时光了。就在早前还栩栩如生出现在我面前的那些片段，像是我才捏造出来的虚构的一连串事件。真实存在于过去的片段已经化成了一个我就地杜撰、为了逃避乏味、在这部憋闷的巴士上用来消磨时间的故事。直到这趟旅途的终点，这份感受都没有改变。

我穿着鞋子躺在床上

我在下半夜里从巴士上下车，奔赴酒店。这回我没有在出租车上睡觉。大得出奇的房间里有两张单人床。床的上方各有两幅风景画，一幅丑过一幅……浅色的木质家具。我把自己的夹克衫挂在门后的衣帽架上。我把小行李箱放到其中的一张床上，然后将其打开。我的状态不佳，因为整个旅途中都没有合过一眼。我还没能摆脱身体的紧绷。我多服了两颗放松肌肉的药丸。打开从客房小酒吧里拿来的迷你型的威士忌酒瓶，用了三大口把它喝干。因为旅途而发胀的双手攥着这迷你瓶子，感觉自己仿佛一头童话故事里酗酒的巨人。难以站起身来。我脱去自己的衣服，躺倒在空着的床上。我一边伸展身体，一边舒缓整段旅途中伛偻而坐的背脊。就在我上床前透过窗外望见的钢筋水泥的景象浮游在我闭合的眼前。灰色的大楼与街道相熔相合。

　　傍晚将至时，我醒了过来，疲倦得没法抬起自己的脑袋。半睁开眼睑，发现自己在职工宿舍里。伊斯坦布尔酒店里的小间住房里……无法离开那家酒店的糟糕感受，像是一位旧友，临时借住到了我的心房里。我感到无法呼吸。它的细枝末节将我围拢，而我试着回忆时却无法勾绘出画面来。因为恐惧，我身体发僵。多年前，我在下午晚些时候醒来。从床上坐起身。我的双脚踏在舍间咯吱作响的地板上。我站了起来，周遭环境仍是未变。伴随着怦怦的心跳，我开始徘徊在这局促的房间里。所以，所有这一切都是一场梦。我以为自己在旅途中回忆起过往来的那趟发生在未来的巴士之旅……我以为自己回忆起来的过往就在眼下。而我以为的眼下只是梦境一场……一切都子虚乌有。我在伊斯坦布尔的家、我在购物中心的相馆……我打算举办的展览。艾博璐。我没能够逃离酒店。我正在这里腐烂分解。我先是受到了极为严重的恐惧骚扰。又是一股怪诞的喜悦……如果它们不存在，那么牙齿印也不存在。我搭乘巴士去到的街区、侍应生、医生和受到医生取笑的牙齿印……睡眠带来的困倦感让我没法发狂。我走去盥洗室。打开灯。但是职工宿舍里并没有盥洗室。无论如何，这陌生的间室有职工宿舍四倍的大小。当我离开门往回走时，我发现自己身处安卡拉酒店的大房间里。职工宿舍随着昏沉的睡意已经飞散而去。我坐在坐便器上，心脏怦怦跳着。在我撒尿的时候，我的视线留意到自己的脚踝。有一处巨大的咬印。伴随着一股熟悉的痛感正在搏跳着，与我的心脏踩着相同的节拍。

我没有任何的感受。仅仅留意到我的眼睛湿润了。过了一会儿，眼泪开始在我的面颊上流淌。我起身，抽了马桶。回到床上，并没有过度检查瘀伤。我花了一段漫长的时间才恢复过来。穿戴好。在我离开房间时有那么一刻，一阵令人作呕的猜忌令我烦扰起来：于生理结构而言，是否存在可能，我的牙齿可以够到自己的脚踝？当我在思考这一问题的答案时，我感到了不适。

我关上方才为了进出而打开的门。我穿着鞋子躺在床上。然后我尝试让自己的嘴唇靠近自己的脚踝。如是尝试着。我平躺着侧躺着争取达成。我的牙齿像是一位职业罪犯，在我的嘴巴里伺机行动，伸展到了极致仍只是在膝盖骨下方离开一拃口的地方。我用双手撑在自己的脚上，略多施加了一些力。肌肉感觉似乎要撕裂开来了。没有可能。当我感觉到自己就要折成两半，叫喊出来时，我牢牢抵住了自己的身体，在床上等候了片刻。在我尝试着松弛下来的时候，我开始真正变得紧张起来。药丸或是酒精都没有起效……

我让自己振作起来，下了楼梯。我吃了些东西。我还没能彻底放松下来。我的双手和双臂都在我的意志之外发生行动。离展览开幕还有一小时半的时间。我喝了一杯咖啡，站起身。在接待处的男子提及展出地点时说"哥们，这可远了。几乎都在城外了"，我忘记了对于安卡拉的居民而言，一段"很长的距离"仅仅只是到有伊斯坦布尔人的地方去，此事上又加上自己的紧张易躁，我提前了约一个小时抵达展出地点。在我绕场地周围闲逛、试图打发时间时，天开始下起倾盆大雨，我在我能够找到的第一处地方寻求庇护。

这是一间糕饼店。我身处一处装饰品味低劣得难以名状的地方，满是空置的玻璃餐桌，上面摆着人工花卉，四周则是悬缀着的塑料气球。

我来到角落的餐桌前，疲惫的双眼紧盯着雨水。天又要暗下来了。经由一场深沉却带着病意的睡眠，我已经将两者的黑暗联系了起来。我的思绪不在即将要开幕的展览上，而是在新冒出的瘀伤上，和我的生理构造无法够及它们这一事实上。"所以在睡眠状态中，人类身体获得了超人类的柔韧性。"我最终想道。并且还囊括了大量用来放松肌肉的药物。但是这独特的解释说明，并不足以熄灭我脑海中开始往深处去的异想隧道里那些摇曳的灯光。我点了一杯咖啡。

我为之忙乎了数月的展览就要开幕了。心系着审美一事而耗费掉的这几个月，到了末了，我在用可能企及的最为丑陋的方式进行陈设的色彩繁多的气球和人工花卉间，喝着嗅得出自来水味的雀巢咖啡。

新的印记不断出现在我的脑海里。当我看着其他摄影师的作品、接受人们的道贺、回答问题、接受采访、对笑话做出大笑的反应……牙齿印如同一个社交障碍，在我的大脑里烁烁发光……

当环境变得相对安静时，我退避到一隅角落，开始吃起柠檬水里的胡萝卜片来。试着什么都不去想……我干脆利落地啃啃着，如同一头为了让牙齿能够更稳健地扎入猎物而正在磨牙的兽类。我还没有吞咽下之前的部分，便将新的胡萝卜片伸到嘴里。咬走上半部分，然后下半部分留在自己的手里……我的脑袋里充斥着咬嚼胡萝卜时的嘎吱声响。双眼在灼烧。我如同一只巨大的红眼兔子，蜷缩到自己的角落里。注视着被整理成一排的自己的照片，和底部角落里清一色的标题"无题"。

尽管她的头上盖着塑胶鞋套，仍然性感

  开展后，我去到酒店附近的一家餐馆，酒店是我同展览上的一组人所住的。拉基酒的瓶子开了。装水的瓶子来回传递。冰块分到了玻璃杯里。玻璃杯子被举了起来。三角形的白芝士蛋糕端到了餐盘上。

  头盘之后，主菜上桌。每个人都点了鱼肉。我，则是五分熟的牛排，里头是鲜亮的红色。我让方才在展览上用胡萝卜磨过的牙齿陷进肉里。带血的汁水，裹着灼热感淌下我的咽喉。我咬下的每一口都让我的牙齿发酸。我毫无食欲地将其吞噬，仿佛在咀嚼着一块属于自己的、索然无味的肉体。当我看着自己的餐盘，我感觉自己在这世上已经完完全全地孑然一身了。当我抬起头，看着餐桌时，我想起自己是社会的一员。餐桌上摆满了盘子的画面，与我的餐盘被食物的残余物所充斥着的画面，两幅画面间的间隙，随着我喝下的酒，加深了。餐桌表面放满了一包包香烟；包装上关于死亡与疾病的信息一则比一则骇人。当我喝掉自己杯子里残留的拉基酒时，我从自己的余光，看着那些如同侵入的蟑螂般将餐桌覆没了的、携有威吓意味的大号文字。

  坐在我对面、身着黑色裙装的红发女人没法将她涂了眼线的乌黑眸子从我身上移开。我不得不一直转开自己的视线，却不断磕绊在她那呈大蜘蛛状的坠饰上。一只静躺在她胸脯上的扁平蜘蛛……过了一会儿，她不再看了，开始说话。她正在问一些无聊的问题，与我在展览上的工作有关。她对我的兴致愈深，我便愈发紧张。这是因为我想要独自回到酒店房间的

欲望。我疲惫极了,承受着新的伤口带来的沮丧,如同承受死亡一般。

然而,我一边喝着酒,一边与这位女士的丑陋的面貌达成了和解。此外,她看着我的眼睛,问道,"这里非常嘈杂,我们要不要去你的酒店?"若是在电影里,我们在此番问话之后,会即刻看到与之上床的对象。或是在他们走入酒店房间时,一边接吻,一边褪去衣服……索要账单、等待、在终端机输入银行卡密码的景象会被遗漏略过。还有在餐馆和酒店间漫无目的踱步的计划……但是离床上的场面仍还有些时间距离。现在,我们正处于一段被删除的场景中,默不作声地走在昏暗的安卡拉街道上。路变得越来越长。

在路的尽头处,酒店映入视线,我想到自己布满咬痕的身体。我在刹那间清醒了过来。开始感到恶心,脑袋发疼。身旁女人哥特风格的裙装和妆面,尚不足以让我与她袒露我身体上的瘀痕。我们可以在黑灯瞎火里做。这个念头让我平静了片刻。我一阵阵犯恶心的频率变低了,我的头疼亦舒缓了下来。事实上,我的脑袋和这个女人再一次变得安好无虞起来。

我们走过酒店的大门。女人采用了一种极致专业的战术策略,离开,走向电梯。我引起了接待处那个半秃、缺觉、病悴的男人的注意。我询问自己的钥匙。他转过身,毫不犹豫地挑出正确的钥匙,递了过来。

"谢谢,晚安。"

"晚安。"

我们在电梯门边相会。我们数出了声。四楼,三楼,二楼,一楼,底楼。电梯门打开。我们走了进去。门关上。我按下三楼。底楼，一楼，二楼，三楼。电梯战栗着歇停下来。门开了。我们走过走廊。在房门面前停下脚步。我从自己左边的口袋里取出钥匙，默默塞进锁里。我将它向右转动。整整两圈半……门开了。

喝完客房小酒吧里的酒水，我们开始接吻。我的双手在她的红发里，而双眼则注意到她胸脯上的蜘蛛。视线从那儿起游移到一对乌黑的、画了眼线的眼睛上。当我闭起自己的眼睛，我想到了艾博璐。当我们的唇肉相互交合，一股罕见的懊悔之情开始啃咬起我的内脏。

在我的梦里，艾博璐和我在我屋子的起居室里。但是起居室里，是来自艾博璐住处的家具和物件。她的照片在我的墙壁涂料上。她的地毯在我的铺设的地板上。我们坐在沙发上面对着面。在她海军蓝三人座的宜家沙发上，沙发则立在我的起居室里。艾博璐面对着我。有一只蓝色的鞋套在她的头上……她说她的身上开始出现同样的印记了。然后她补充道，"所以这是会传染的。"我的整个身体因为一阵可怕的内疚，哆嗦了片刻。随即带着巨大的释然感，指向一只正在墙面上行走的长着人嘴的塔兰图拉毒蛛。"哦，你是怎么推断出来的？"我说："传什么染，是它引起了所有这一切。"我们在同一时刻里注意到，这只红毛塔兰图拉毒蛛的嘴里有一支铅笔。一支长着乌黑眼睛的铅笔……

"好吧，它拿那支铅笔在做什么？"艾博璐用我的声音发问，而我用她的声音回答道，"你怎么以为，它是在练习朗诵。"

"别傻了，"艾博璐说。"它怎么练习朗诵，又没有书摊在这玩意儿面前。"

"艾博璐，就是它咬的我们，别惦记它了！"我喊道，我走到墙边，朝着这玩意儿伸出自己的手臂。"住手！"她叫喊道。我住了手。"不管怎么说，你手臂上全是印记，你睡醒查看的时候，没法知道它们是新的还是旧的；把空白的地方露出来。一块还没被咬过的地方……"她是对的。我又一次记起艾博璐是多么聪明的一个人。我们注视着对方。她怀恨在心地咧嘴一笑。尽管她的头上盖着塑胶鞋套，仍然性感……我举起自己的手臂，把还留白的部分伸到长了人牙的塔兰图拉毒蛛的正下方。它丢开铅笔。当我还在看着悬荡在半空中的铅笔时，它把它的牙齿咬进了我的肉里。此时，长了斜眼的铅笔在墙面上写下勉勉强强、虚头虚脑的字样，"醒醒。"那一刻里，我明白到自己在一场梦里。但我无法醒来。铅笔再次描过书写的部分，让文字显得更深些。"醒醒。"

半夜间，我从痛苦中跳下床来。腋窝下方的部位带着一股灼痛感发出抽动。当我留意到躺在自己身旁黑暗处的女人时，几乎吓得魂都没了。随后我记起来，我和她一起来的酒店，等待自己的心悸逐渐平息下来，自己的脉搏恢复了常态。我起身去洗手间。我站在镜子面前。为了在抬起自己的手臂时，不看到那肮脏的牙印，我准备好倾尽自己所有，做任何的事情。印还在那儿。全新的，和雏菊一样新鲜，且呈鲜红色……我在脑海中描绘出一幅奶牛被牛仔们打上烙印的画面。我弯下自己的脑袋，试图让自己的牙齿靠近印记；一场徒劳。我的内脏都挤到了一块儿。不得不用自己的手捂住自己的嘴巴，好制止自己发出声响。我咽下跑到嘴巴里发苦的胆汁。太阳穴因为疼痛而颤动着。眼睛湿润了，发了红。我攥紧了拳头。

当我回到床上，我看到蜘蛛在一旁。它颇为平静。女人的红发铺洒在枕头上。颇为平静。我不想要躺在她的身旁。点燃一根香烟,我倚在窗旁。我试图整理自己的思绪。无法做出任何符合逻辑的辩解。我看着安卡拉荒芜的景致。

你的前面不会有一头得了狂犬病的狗吧?

在头痛和作呕感的下半夜里,我醒来。新的印记还在原地。颜色从红转成了紫。我的眼睛在灼烧。从我躺着的地方,看向从半拢的窗帘背后显现出来的灰色天空。蜘蛛仍在床头。还有那女人的红色头发……我们紧紧依偎在一张单人床上。行李箱则在邻床上。

当我早晨再次醒来,我的疼痛和恶心感有了缓解。
"早上好。"
"早上好,你睡得好吗?"
"是的,你呢?"
"凑合,我有点儿头疼。"
"别问了……我得准时开始工作。啊……事实上,我必须走了。"
"好的。"

我从躺着的地方看她穿上衣服。她把她在夜里脱去的衣服穿了回来,仿佛是在给图片做倒带。与她脱去它们时恰好相反的次序……她一边倒着走,一边说了些什么。待她关上了身后的门,房间里没有留下一丝属于她的痕迹。我设法在没有暴露自己印记的情况下，与她睡了。我抛开那方才遮盖着一个咬痕遍布的荒野世界的白色羽绒被子。

当我坐在酒店早餐室里的白色瓷器套具旁时，我想起了自己的梦境。我并不想要记起。眼下我想要随着自己身体上的牙齿印记被埋入地下。那句在夜里的梦境中喊出的话语，突然穿透过我的太阳穴："你怎么以为，它是在练习朗诵。"是艾博璐说的这话，还是我？我记不得了。但，幸亏因为这句话，我将第一次在那陌生街区遇到的古怪侍应生，和牙齿印间建立起联系来。我想到那位侍应生时，怀着一种得到解脱的感觉。仿佛若是被我知道这事是由他造成的，我又能存活下来了。那个侍应生取代了正在我心中壮大的含糊不明的黑暗，又因为他的整番行为，在我的脑海里如同圣徒般豁亮了起来。我记起有那么一刻，当我从那儿回到家中洗完澡后，我曾怀疑过我所留意到的第一个印记的种子是在侍应生的屋子里播种下来的。这份猜疑迅速消失了。或许是因为印记在继续出现。然而，怀着一种全然的孤寂感，一股全新的惧意如今在我的内心成长了起来。他是通过某种东西传染给了我，或是一路跟踪我到了这儿？他紧紧咬住铅笔的牙齿在我的眼前游荡。"我在练习朗诵。我每天早上练习半个小时。"可能是他吗？"究竟怎么了，我的朋友，你怎么了，你是从火场跑出来的吗？你的前面不会有一头得了狂犬病的狗吧？"

我想要回到那处住区，找到他，要他做出解释。"我在哪里可以找到照片里的男人？"我既不知道他的名字，也不记得他实际上长相如何了。照相馆的橱窗里有一张照片。但是那面橱窗会有多可信呢？我让自己的视线集中在面前的蛋黄上,以便不会发疯。

　　我思索着,待我回到伊斯坦布尔,我要去看另一个医生。随后我即刻放弃了这个念头。取而代之的,我决定回到那片古怪的地方,所有一切起始的地方。随着这个决定,恐惧交杂着自信,自信交杂着绝望,绝望交杂着悲痛,悲痛交杂着热情,而热情交杂着恫吓,在我的身体里传播开来。那处地区通过某种方式对此事许下了一个终结。伴随关于皮肤上齿印的真相的揭露,我至少会摆脱掉那份啃噬着我的、含糊不明的感觉。所有一切开始的地方,同时会是所有一切终结的地方。第一章节会是终篇。我会带着某种自杀心理去向那里。一种潜藏着获释可能的自杀……

　　我喝完咖啡,起身去房间。离开巴士启程有六七个小时。我不想出门。我也不想去画廊;仿佛我去的还不够似的。我合上自己的小行李箱,设好闹钟。上床,盖好被子。我并不困。如同一具被祭祀给了一位其宗教并不为我所知的神明的躯体,我一边安静地躺下,一边闭起自己的眼睛,等待着。

第三部分

"或许这个世界是另一个星球的地狱。"

——A. 赫胥黎

中间位置上画着一座小彩虹

我离开了安卡拉那令人窒息的、如同水泥尘雾般将我笼罩的灰茫之色。我身处伊斯坦布尔。夏季或多或少已经来临。展览告一段落。未留下一丝痕迹……我的照片必定是在许久前就从我的意识里删去了。瘀痕继续成倍增长。牙印像是粉刺似的在我浑身上下四处爆发。我穿着长袖 T 恤和遮到脖子处的奇装异服,在太阳底下晃荡。频繁地受到一种令人烦扰的感觉迫害,怀疑自己的想法会被人读取。我退避出所有的人际关系。这份执念变得如此之深,令我逐渐感觉到甚至没人在周围时,我的想法也在被人读取。我的颈背上始终感受到某个我看不着、也并不认识的人的存在,但他仍然知悉从我脑海中经过的每一则细节。我必须得摆脱掉这个如同鬼祟的流浪狗般到处跟踪我的幽灵。摆脱这份感觉,摆脱这些印记……摆脱遍布我全身的、持续呈现出不同表情的牙印……咧嘴大笑的,尖声呼喊的,困顿迷惘的，静无声息的，精神抖擞的，踌躇不定的，捧腹哄笑的，泪水涟涟的……有时候它们开始异口同声地说起话来。它们中的每一个都操着不同的语言。它们操的所有语言我都不懂。奇怪的口音。诡异的语调。一首令人抓狂的赞美诗。一座巴别塔。因为这些印记，我感觉自己遭了咀嚼，又被吐了出来。一件没能力守护住自己想法的废物，自己被自己咀嚼了又吐出。一只游荡在跳蚤市场的耗子……

我行走在古董摊位之间。前方明显有一伙人。一个由上了年纪、骚动不安的男人们组成的团体，在一处限定的空间里勉强移动着。当我再定睛一看的时候，我意识到他们是在一处验光眼镜摊位上。他们不断戴上眼镜，照向悬挂在旁处墙壁上的镜子。他们中有些人只是从远处瞥上一瞥，而有些人则走上前去，仔细端详自己。当有一个人在试戴眼镜时，其他人手里则抓着几副眼镜，在他的身后形成一列队伍。他们看上去像是避暑圣地上身着夏威夷衬衣、在看太阳眼镜的少年们。我在其中一处摊位面前停下脚步，开始查看一些老旧相机的部件来。

一台白色宝丽来相机引起我的注意。中间位置上画着一座小彩虹。我问摊位后方的男子，里头是否有胶卷。当他表示了肯定，我把镜头对向他，试拍了一张。我拿起从相机里冒出的照片纸，挥动它。卖家惊愕的面孔渐渐显现了出来。颜色比我的期许要好。当我抬起自己的脑袋时，与照片上之人的真实主人打了个照面。他的脸上挂着同样的惊愕神情。并不完全一致……我把照片赠送给了它的主人，并且买下了相机。这个男人用机警的眼神看着他自己的照片。面对这样一场对峙，他并没有做好准备。

我把相机丢进自己的背包里，朝着眼镜摊位的方向移动。当我从人群中穿行而过时，意识到挂在墙上的物体并非一面镜子，而是从报纸上剪下的一篇专栏。我当作是面镜子的物体结果却被证实是一篇专栏，这在顷刻间改变了我对围绕在摊位周围的这伙人的整个看法。上了年纪的人并不是在他们自己的脸上试戴眼镜，而是在书面文字上。这是因为于他们而言，此事并不再是关于他们看上去如何，而是关于他们如何才能看到。我走到一处没人的角落，给这些上了岁数、看字如同照镜子的人们一一拍了照片。随后，我又在市场前后闲逛了一些时间，继续前往塔克西姆广场。

广场上拥挤不堪。我的身体并未做好进入这些人群的准备，因为想要转身的欲望而骚动不安着。然而，我如同一名梦游者，双脚在继续行进。数以百计的人们从地下台阶处冒了出来，涌上伊斯提克拉大道。

运作中的地铁像是一座制造人群的地下工厂。从天花板上悬挂下来、生了锈的圆柱体，按照固定的时间间隔，将一件件肉躯挤压出到一座黑色的传送带上，在顶部撒上些许的头发，这混合而成的物体被覆盖上几件不同颜色的材质面料，随着传送带发生移动，依次出现在了大白日里。这些由肉躯、头发和材质面料以不同组合形式混合而成的物体，朝向大道移动着。

长久的糟糕天气后，阳光明媚的街道正在经历它最为拥挤的日子。再向前进，我听到一记与众不同的咆哮声在人群的喋喋不休中回响开来。我很快留意到，有一支抗议的队伍正在一边朝我迈进，一边大声喊着口号。这支微弱的、带有政治意图的示威队伍逆流而进，穿过那庞大的、政治意识淡漠的行进人群。

再往前，我坐进一间咖啡馆里。关于另一种可能的人生梦像令我不得安宁。在那个世界里，我的身上没有牙印，并且成为了一名举世闻名的摄影师。事实上，我更多地活在彼世，而非此世。因为这另一种人生在我的脑海里占据了更多的空间。在那段人生里，我在伦敦、柏林、维也纳开设展览，而不是在安卡拉，在那里，出现在出版物上的我的作品决定了对摄影议题的设定，在那里，来我相馆的是摄影评论家、展馆馆主和世界知名的模特们，而并非想要来拍摄护照照片的普罗大众。在那个世界里，我的齿印没有在自己身上，而是在前来我的相馆的模特们身上留下的印记。这一综合症状从未打算有所改变。当我在职工宿舍里，躺在自己的床上时，我曾梦到离开了那儿，去到位于伊斯坦布尔上流街区的属于我自己的照相馆里，并且时不时地办上个展览。连续不断地做梦。充分详实的梦。包含了所有的细枝末节。我无法离开酒店的时间拖得愈久，发生在酒店外的梦境就变得愈发真实。

我带着一阵瞬间的疼痛，从这些想法中跳脱出来。我的牙齿一直过分啃食着指甲周围的肉，从拇指的中间部位穿透了过去。我惊恐地看着自己拇指上熟悉的红色。第一次在我醒着的时候，添了一处印记。光天白日里。我看着自己正在跳搏着的拇指上的红色部分，如同一场白日幻梦。一只嘴上戴着兽笼状口套的棕色狗从我身旁经过。第二杯咖啡上桌。我想要攥紧自己的拳头，击落那盛满了咖啡的杯子。倾尽我所有的力量。我心怀苦涩地看着这漆黑一片的液体。什么都感受不到，只有苦恼，从我拇指上的印记处出发，伴随着悸动，遍传整个身体。我甚至不想去喝咖啡，我生命中最钟爱的事物。

店外在下着雨

我艰难地穿出人群。直到公寓出现在我的面前……爬上台阶。褪去自己的鞋子,在起居室的沙发上坐了几个小时。电话一度响起。是我的母亲打来的。她彻头彻尾地倾诉着她的烦恼。一位非常亲密的友人没有邀请我们去参加她儿子的婚礼。她又一次偏离正题,回到她那由悖理谬论组成的世界。她的脑海里装满了相互冒犯、动怒和与对方争执的人。我饿坏了。我打开电话的扩音机,将它放到一边。我一边听着,一边准备可以吃的东西。我时不时地发出愚蠢的声响,如"哼!哈!",来表明自己仍然还在。随后我彻底停止听取电话里的内容了。我将我准备好的食物放置到一只餐盘上,开始吃了起来。我母亲的话语成了由念诵社会相关内容的沙哑嗓音构成的晚餐配乐。

随着展出的结束,我的人生抵达了漫无目的的巅峰。我不想做任何事情。在照相馆里,我好几个小时看着我并不认识的人的照片。随着鼠标的每一次点击,一张不同的面孔出现在了我的面前。我以极快的速度浏览他们。怀揣着在酒店工作时留下的病态的本能,我每每感觉自己必须尽快要将照片给到它的主人手里。仿佛我不得不打印成图,先去购物中心发疯般四处搜寻一番,对着每个人的面孔扫上一扫,然后到街上去,随后找到照片上的那人。我不再将照片分发给他们的所属人了。照片主人来从我这里取走它们。门开了。一个身材干瘪、无精打采的男人。

"你能把照片印到枕头上吗,哥们?"

"抱歉。"

我继续坐着,无所事事。"我要给艾博璐打电话吗,"我思忖道;随后我放弃了这个念头。她有一阵子没给我打电话了。我听到邻铺香水店传来嘶吼叫嚣的声音,坐起身来。我出门看了一眼。四名男子在被强光照得通亮的香水店的中央,竭尽全力地互相追赶着。四散在周围的太太和女友们则一边观望他们,一边发出尖叫。交缠在一起的男人们喊了半句咒骂,正被拖拽着往角落里的架子处去。架子上所有的香水瓶子都碎落到了地上。我继续观看着,一动不动。很快,有人的肘部撞到了另一人的鼻子上。一阵可怕的气味冲击我的鼻腔。鲜血从男子的下巴处流淌到他的白色衬衣上。香水的味道令我感到恶心。购物中心的保全人员迅速奔入店内,殴架终止,余留下一股浓烈的女士香水味,些许的血和几根折断的骨头。然而,这载满了爱意、情欲、热情、自信和混调香水的芬芳气味留持了约二至三个钟头。

下班后,我走进回家路上途经的书店。店外在下着雨。我感觉到自己仿佛身处一部毫无价值的浪漫喜剧电影中。我经过杂志专区,朝着摆书的区域走去。他们把关于个人发展的书目摆到了前头,一处更容易映入眼帘的地方,而过去则是在一隅隐蔽的角落里。"所以有一场经济危机即将来临了。"我就自己找寻书,询问了店员。他长大了嘴巴,看着我的脸。毕竟,你不应当指望一名在商店打工、穿统一制服的男人了解他所销售的东西。

他随后来到弥补他那空白大脑的道具电脑面前，输入书名的同时要求我将音节一一拼出。搜索起来。

"抱歉，先生。"

我梦到自己带着阴森可怖的神情看着这个男人。他抬起自己的眉毛，说道，"那又如何，你也没法在枕头上打印照片啊。"这也是梦境的一部分。

夜里入眠的那一刻，具有女性气息的芳香味道在我的鼻子里悸动着，斗殴的画面游移在眼前。鼻子折断的那一瞬间……鲜血溢流到白色的衬衣上……于一场斗殴而言，香水店或许是最为诡异的商铺类型了。我开始思索，发生在哪里会更好。我发现自己正在勾绘购物中心的走廊。帕莎店铺的厨房区域……两队人马突然间相互发起进攻。旋即，最为锋利、一尘不染的钢刀，以最引人注目的方式做了显摆，加入了进来。附有价格标签的刀具被从刀柄处握住，挥舞着，从敌方的胃部、手臂和背脊上刺出。串肉扦、鱼刀、水果刀、酒瓶钻子和电动面包刀将这一地方化作了一座血池。直至此时，保全员最大限度的干涉行为，会是去向那些抽烟、拍照的人们发出警告，甚至因为惶惑而无法进行干涉。是的，帕莎的餐具区比起香水店，是一处更好的战场。为了购物中心的安全，是禁止携带锋利的工具的。入口处的保安甚至连最袖珍的削笔刀都即刻没收。而内部却充斥着各式刀具、削笔刀、锯子和钻子。说到钻子一词时，我想到：事实上，百安居也是一块好地处。销售钻子、电锯和伐木工具的地方。因为这时，在鲜血之外，还会有各类肢体在空中横飞。当钻子钻破他们的头盖骨时，斧子会卸掉那攥着螺丝刀的胳膊。伴随着闭路音乐系统里浪漫的民谣……当我正要睡过去时，我想到了一处甚至更好的地方。宠物商店。人们把对方的脑袋塞进一座食人鱼水缸里，相互投掷塔兰图拉毒蛛，左摇右摆的蛇类游冶在我昏昏欲拢的双目面前。背景里是闭路音乐系统里传来的《宠物店男孩》①……

去占卜的人们神情沮丧

  天气开始转暖，街道上开始嗅到了垃圾的气味。我一动不动地端坐在起居室里。墙上的钟，我面前的换气设备，电唱机上的唱片，都在朝着同一个方向旋转。换气设备转得更快。电唱机则更为嘈杂……莫里西②的嗓音拂扬在起居室的每一个角落里。以顺时针的方向。电话走音的铃声击打在莫里西的声带上。我起身接听。我调轻了音乐。

  是为数不多的几间体面的画廊中的一个给我打来的电话。比起我过去合作过的那些，这是一处大得多、也更具制度化的地方。电话里的声音说道，他们非常中意我在安卡拉展览上的作品，并且想要我举办一场个人的摄影展。这次是在伊斯坦布尔……不过不是团体展。是以我个人的名义。主题为何？对此，我需要定夺。我甚至可以在画廊外建议另辟一处"另类的场地"。如果"自动步道的风格需用到不寻常的设备装置"，他们会非常乐意。我毫不犹疑地应承了下来。但我并不感到舒心。我的大脑就自己打

---

① 宠物店男孩（Pet Shop Boys），英国流行、电子音乐男子二人组。
② 史蒂芬·派崔克·莫里西（Steven Patrick Morrissey），英国创作歌手，八十年代摇滚乐的代表人物。

算要做的事情，一片空白。

　　我打开正上方昏暗的灯光。我关闭了正在空转的电唱机，打开收音机。伴随着《新模范军》，我看了一眼自己在某一阶段记录在黄色封皮主题笔记簿里、胡乱涂写的笔记。我将一些转誊到了一本新的黑色封面的空白簿子里。但我并非真正喜欢它们中的任何一则。这则消息于我而言亦好亦坏。我出了门，把手插在口袋里，走上了几个小时。

　　天气悦目宜人。伊斯提克拉大道正在为打破人群新纪录而做着准备。人们的脑袋在大道上噗噗沸腾，道路被交缠的头发拂过，被人们嘴里吐出的气息洗刷着。匍匐前行的肉躯……沿着街道呈条状滚动着，如同从一台绞肉机里慢慢渗出的肉条。一首糟过一首的音乐、一张丑过一张的面孔、胳膊、大腿、嘴巴和鼻子、唾沫和汗水相互混杂。仿佛岩石上快速变化、相互交织的面部表情。每一处角落里，神情古怪的人们手里举着写有"我们是最好的占卜师"、"咖啡你请，占卜我们来"、"重要的不是占的命，而是占的人"等字样的牌子，试图引导人们去名字被写在牌子上的咖啡馆里。关于占卜的此类说法一直以来都随处皆有，但在近几个月里，变得愈发多了。宣称拥有占卜资格的咖啡馆的数量增加了三四倍，甚至五倍之多。占卜热潮的攀升，或许对于即将来临的经济危机，亦是另一重预示。随着未来变得愈发暧昧不明起来，想要洞烛的好奇心便增加了。去占卜的人们神情沮丧。他们成了无望的案例。我引起了其中一名手持牌子的男子的注意。我想到在我的身体上大批滋生的牙印，以及那个能够读取我想法的侍应生。在同一时刻里。有那么一刻，我想要在卡牌上写着名字的咖啡馆里，占一占自己的命运。随后，我因为自己的绝望感而心生厌恶，改变了主意。我感觉自己的胃部犯呕。我勾绘出一幅自己的呕吐物散落在柏油碎石路面上的景象。呕吐物占卜。我深吸了一口正在渐趋昏暗、被众人的吐息污浊了的空气。这么做并没有让我感到放松。

我决意回家去，就主题及展出地址做上一番思考。

起居室里散满了摄影杂志和书籍

我做了好几个月的采购工作，将自己锁在屋子里。我通过网络和手机订购了自己的其他需用品。我安排了我们亲属中的一位去照看照相馆。他会接替我的位子直到学校开学。一半的盈利归他。我不在乎自己是否会遭骗上当。他可以就他所想，尽兴地与白色货品销售员，阿赫迈特，互视对瞥，他可以随自己喜好尽可能多地在消防安全出口处抽烟，他可以尽情地收听闭路系统里的歌曲——一首比一首枯燥乏味——如他所愿。

我不出门有两个理由：一则因为双手、双臂和脖子上的印记，和执迷于它们的眼睛，二则，为了集中注意力，为自己即将到来的展览找到醒目的主题。我终日在家中工作，因为待在人们看不到的地方而感到舒适。起居室里散满了摄影杂志和书籍。我仍然未能找到一个好的主题。而关于诸如自动步道之类的实验性装置，我没有丝毫的头绪。我不断地推迟自己想要回到那片街区的计划，回到所有一切起始的地方。如同早些时候，因为自己的双目发出灼烧感，而被我推迟了的手机闹铃。然而，我知道自己终究是会回去的。眼下我有了另一个理由：回去可能会找到一个新的点子。

屋子里很热。天就要暗了。我想要使自己布满牙印的皮肤，如同一件沾满了汗水的衣服，蜕落去。像是一件令人尴尬、过了时的、并不合宜的织物。将它全部剥去，尽我所能地弃掷！这一欲望随着每一次呼吸，在我的体内倔强地扩张着。我无法呼吸。我不得不从充斥了红、褐、黄、紫、绿色印记的墙面之间奔离而去。我想要从那覆满了淤痕的外壳，破涌而出。我深吸了一口气。这么做没有带来任何的改善。我躺在沙发上，睡了过去。

在梦里，我乘在巴士上。那部巴士。它已经坠毁了。它已经翻落了。我面朝满是碎玻璃片的天花板，躺着。面前仍然完整的大幅窗玻璃上是发着磷光的字符。阿拉伯文字……我盯着发着磷光的、盘卷的文字，心里想着这些文字是否上下颠倒了。碎玻璃片里也有些许灯泡的碎片。随后，我靠着自己的手肘直起身子，开始攀爬。我的腰下部分没了知觉。过了一会儿，我注意到自己已经开始将自己满是淤痕的皮肤遗留在了身后。我一边在巴士满是碎玻璃的天花板上匍匐前行，一边蜕去自己的皮肤。我的新皮肤显露了出来，毫无瑕疵，没有任何的淤痕。我幸福得想要放声大哭。我沿着宽版的S字形，继续攀爬着。当我在碎玻璃间前移了片刻，回头望去时，我看到自己旧皮肤的左手部分化作了一片发磷光的绿色。我一动不动地静躺在上下颠倒的巴士天花板上，被破碎的灯泡围绕着。很快，我遗留在身后的手部被一大群蚂蚁侵占了。蚂蚁们开始漫步在整只手上。

我醒来时感到极度饥饿。因为我躺在了自己的左臂上，手麻了。我花了些时间，张开又合拢自己的手掌。麻刺的感觉过去了。我起身，洗了洗自己的脸。从侵扰了整个屋子的正在充电的相机电池上的红色灯光、缆线、三脚架间穿梭而过，打开我存放广告传单的抽屉。我在俗气而廉价的广告里搜寻起来。麦当劳。我拨了电话，订购了一份芝士汉堡套餐，又加了一个芝士汉堡。

"我要一杯可乐。不，我不想要特价商品，我想付现金。谢谢。"

我一边看电视，一边等待着。约半小时后，门铃响起。当我打开公寓楼的大门时，我看到麦当劳雇员的棒球帽出现在内置对讲设备的镜头里。但他没有敲门。当我打开房门，想要确认他是否去错了楼层时，我听到一种声响每隔固定的时间间隔在楼梯井里发出回声。有人在撞击直达梯的门。当我打开楼道间的灯光时，发现雇员被困在了电梯里。在下一个楼面与我所在的楼面之间。

"你是被困住了吗？"

"是的，先生，我被困在电梯里了。"

"真糟糕。我会即刻打电话给门卫的。他会解决的。"

"好的。"

当我拿起自己的手机时，我记不起门卫的名字了。我恐慌起来。我看着人员名单。正如我所猜测的，他在 D 项下被登记为门卫①。

"有人吗？你好。有人吗……哦，我是从 8 号公寓打来的电话。8 号公寓，是的。嗯哼，有一个小伙子被困在了电梯里，而且……这样就可以了？当真！非常好……好的，我们等着。"

---

① 这里的门卫，译自英语"doorman"，根据首字母排列规则，在故事中被归在 D 项。

"呃……那个，我们的门卫在另一处。我是说在安那托利亚那边……他得花上半小时到四十五分钟才能赶到这儿。"

"哦，不。"

"你能等的，是吗？"

"我们只能等，不是吗？"

"或许这段时间里电梯就好了。"

"先生？我要问您一些事情。我从早餐起就没吃过任何东西了。我本打算在给您送餐后拿去吃的。您能让我在等的时候，吃我给您带来的东西吗？"

"当然，当然，不管怎么说，会冷掉的。都吃了吧。"

因为使用敬语"您"似乎显得奇怪，我曾经不得不在与自己从未谋面的人相处时，即刻用上对方的名字。我回到家中，思绪仍停留在那个正在电梯闷不透气的黑灯瞎火里，吃着为我带来的芝士汉堡的男人。我继续看电视。我变得不可思议地躁怒起来。我的胃部因为饥饿感而啮啃着。我起身，打了两颗鸡蛋。心不在焉地搅拌它们。我几次去到门边大声叫唤，直到门卫来了。

"你一切可好？"

我加快了自己的步伐

在我们将麦当劳雇员从冒着油馊味道的电梯里拯救出来后，我便不想回家了。这个与我原本的想象相反、金发高个的男人所患的幽闭恐惧症，传染到了我的身上。寓所像是困在了两个楼层间的电梯。身居其中的想法令人感到窒息。天正在变暗这一事实令我获得了勇气，我迫使自己出了门。我想到给艾博璐打电话。我放弃了这一念头。谁知道放弃多少回了。她也没有给我打电话。她甚至没问我展览办得如何。我开始从空荡荡的偏街出发，朝向荒无人烟的主大道走去。屋外没有任何来自自然的声响。只听得到经过的汽车、空调的风扇，和虚报的火警声音。没有一片翻搅的叶子。酷热难耐。门卫们的太太和孩子们正在吃着向日葵花籽，而他们则一边闲聊，一边瘫坐在椅子上，椅子被他们搬到了公寓楼开设在主街上的大门面前。炎热的天气将他们统统赶到了屋外。

　　远处，一群裹着头巾的妇人坐在白色塑胶椅子上，椅子被排设在一家极致奢华的精品店的商店橱窗面前，她们正喝着面前托盘上的茶水。在摆放于奢华、精致、简约的商店橱窗里的假人模特那黯淡无晕的法式眼眸面前，她们正全神贯注于一场多声线重合的谈话。玻璃茶杯里的匙子，在黑夜的暗色中不断地转动着。搅动茶水的声音带我回到了童年时在别人家过夜的时光。从那里，我回想起那床自己纹丝不动躺在其上的地铺来。茶匙的叮当声与睡眠融合……夜里褪下的裤子和T恤折好了摆在椅子上。袜子在地板上。侍应生的屋子。早晨。在他齿间的铅笔……侍应生的面孔。那个不容许我给他拍照的摄影师……在他齿间的铅笔。填字游戏。

　　对面，一群孩子正在用一只塑料球踢着足球。他们宣布好了，将一家歇了业的超级市场较低处的闩杆作为球门柱，并且正在一个接一个地踢球射门。球模仿着白日里匆匆出入的顾客们，不断地从商店的门上弹回。不，所有这些都没有资格被当作展览的照片。然而，出趟门于我有了益处。我正悄无声息地走在人行道上阴蔽的一边，没有一束光。

　　四个男人并排坐在街角处，伴着他们其中一台移动电话所播放的民谣歌曲，从红色锡罐里喝着他们的啤酒。他们中有一人的视线留意到了我手臂上的牙齿印子。尽管我在暗处，他还是注意到了它们。我从自己的余光，可以看到反感的情绪混杂着好奇，从他的心里升腾起来。我加快了自己的步伐。

　　我从集合到我周围的人群中走过，回到家中，人群合构而成的糟糕画面能够保证在市当局举办的低劣摄影竞赛中获得第二的名次。电梯仍发着油腻的臭味。我感到恶心。我感到只要自己活着，永远没法再吃下麦当劳了。我跟跄着走入杂乱无章、被DVD三个字母的蓝色霓虹灯光照得通亮的8号公寓。在起居室工作了片刻后，我谦卑地拜访了《不死僵尸》，睡了。我睡得不安稳，梦境泛滥，梦里是那个受困于电梯的麦当劳雇员，和从身旁绕行而过的《不死僵尸》在更换发绿色磷光的餐具洗涤用手套的同时，一边咀嚼灯泡，一边看向自个儿脚上的蓝色鞋套。在某一时刻，艾博璐和安卡拉的哥特女孩进来，随着灯泡被咀嚼的声音，紧拥着跳舞。艾博璐正在哥特风女孩的背上画一只塔兰图拉毒蛛，她的嘴里是一支长了眼睛的铅笔。地板上满是红色的啤酒罐子，和用来包裹麦当劳汉堡的薄纸。我在半夜里醒来，准备去解手，已是浑身汗流浃背。

　　我不想回到床上。来到起居室，打开电视。快速地调换频道，在一部垃圾好莱坞电影面前停了下来。一部四五年前的电影。领衔的演员，一位在自己屋子里的年轻摄影师。她也是半夜里还醒着。但她的屋子并不与我的相似。她宽敞的屋子里稀疏地摆放着家具，有一间狭小的红色荧光暗室，她正把在其中冲印的黑白照片悬挂起来，一张挨着一张挂在绳子上，绳索则被她绷在宽敞的长走道上。她把自己的长发拢在身后。站得笔挺。我将自己的背部向后伸展。比起将照片刻录到 DVD，然后搭迷你巴士去打印机处，远远地更值得一看。我关掉电视，回到床上。

我必须去掉印记。必须掌获控制权。只要不去那片街区，便可以解决这件事端。是时候制止事态的发展了。否则，我将继续为淤痕掩埋，遍体鳞伤地在地底下咽气、腐坏。我已经对现代医学放弃了希望，并且在不怀有信仰的状态下转向了自己的内心世界。愚蠢的、恼人的、肤浅的解决途径不断出现在我的脑海里。我的大脑已经变成了某类非正统的医学展览。一场长期举办的活动，叫人们追忆起一次嘉年华上，被大学除了名的半疯癫的人们交流他们正在进行的实验结果。每小时有一个新的展台被设立起来。一种新的治疗方法……传单、手册、广告，和免费的本子。未曾听闻过的反医疗手段从世界各地前来。我经过大多数的展台。但他们中有些人拽住了我。我想试试也没有害处。譬如那两名来自远东地区的年长男性的、草草搭成拳击台的显眼展台……

他们所建议的解决方式是戴着拳击手们用来保护牙齿的咬嘴睡觉。他们并排坐在拳击台中央的一张小型桌子面前，耐心地等待着顾客。拳击台的角落里，一名嘴里戴着护齿的男子正在睡觉。示范。围绕在他周围的海报由人物图形组成，如同获得了胜利的拳击选手，他们的手被裁判举在空中，在没有偏离概念的同时对大团圆的结局做了强化。我立即取了一本红色的、被切割成拳击手套样式的手册。我喝了一些他们给我的茉莉茶。我发现他们的办法似乎有些道理。我感觉自己像是一名拳击选手。目标并非为了保护自己的牙齿，而是保护不受牙齿的伤害。一方面，我想要实施这一非正统的治疗方法，另一方面，我担心会彻底扩大我与我自己之间的距离。

卡迪廓伊的走道上有一排贩售体育器材的商铺，当我穿过走道门时，我与我自己之间的联系便不再那么紧密了。过去，只有我身体上的印记并不属于我本人。而后，这份感觉如同某种皮肤疾病，传播到了我的整个身体。它的出现遍及了我的全身。眼下，展示跆拳道装备的商铺窗玻璃上的那个屈着背的倒影，另属了他人。

我在沙袋、拳击手套、指扣，和武士飞镖间向前移动，靠近那个值班的矮个子男人。我有一种感觉，仿佛我们正在打算开战。

"欢迎。"

"嗨。我正在找护齿。拳击运动员用的那种。放到嘴里的……"

"你想要几盒？"

"这些是最软的吗？"

"它们是标准规格的。"

"我要四盒。"

拳击手护齿装在了我的包里，我和卡迪廓伊上的人群交融在了一起。我逛了几家书店。从街上的一个摊位上，买了一张刚上映的海盗电影的盗版光碟。

我感到窒息

  我进到卧室,打开灯光。当头顶上方的灯球亮起的时候,睡床被光照得如同一座拳击战台。观众们尚未涌入。我把护齿塞入自己的嘴里,仿佛加入一场酣战般钻入到羽绒被子底下。
  于睡觉而言,这可不是一件适宜的配饰。我想要将它从自己的嘴里取出,不戴着它入睡。但我勉强了自己。第一回合,第二回合眼部在做急速运动,第三回合……在焦躁不安地将它往床上胡乱一通弄了片刻后,我疲惫得不行,设法将护齿戴在嘴里,打起盹来。

  在那夜的梦里,我看到自己变成一只巨型的猫,嘴里叼着一只巨型的老鼠横冲直撞。
  我把老鼠带给了一个女人,开始绕着她打起圈来。这个女人是电话里画廊的代表人……我辨识出了她的声音。她的头上戴着一顶麦当劳的棒球帽,身着一件官僚式的蓝色衬衣,她的鼻框上架着一副非常老旧的验光眼镜,胸脯上有一根塔兰图拉毒蛛坠饰,脚上是蓝色的鞋套,手上罩着发绿色磷光的餐具洗涤用手套。她的一只手拿着灯泡。弯着腰。她说道,"干得好,"但她并没有从我的嘴里接过老鼠。她只是看着它。脸上既没有嫌恶,也没有欢喜……我感到窒息。我绕着她转圈,仿佛是在乞求她从我的嘴里接下老鼠。随后,我醒了过来。在梦里。我打开床边的灯。在被汗水浸湿了的枕头上的，是一张关于我的面孔的印制照片……我的脸上满是咬痕。深紫的、鲜红的、割裂了的、淤青了的、抓挠了的……仿佛被一只得了狂犬病的狗攻击。我大声尖叫。却发不出声音。我坐起身，离开床铺。看到自己的剪影被绘制在了镶木地板上。正如犯罪电影中，用粉笔画在了地面上。但线条并非白色，而是紫色。

早晨我醒来时，处在一个不幸的状态中。我的嘴是空的。我在躺睡的地方找寻着护齿，仿佛我是一名拳击运动员，遭了一记右钩拳的猛击，护齿从我的嘴里射了出来。我躺了好一会儿功夫，仿佛没了知觉一般。淘汰出局。随后，我腾地坐起来，因为将所有印记的位置和形状都记在了心里，我立刻留意到了新的淤痕。肩膀上的新印记正张大着它的嘴巴，嚷叫着。我的耳朵开始嗡嗡作响。胃部消化不良，嘴里抽搐发颤。

有人敲门。我穿上某件衣服，透过窥视孔看去。邻居中的一位……从楼下二楼或是三楼来的……一个与我年纪相仿的男人。我开了门。当他看到我的时候，一种交杂了恐惧和怜悯的表情在他的脸上成了形。

"你好。我希望我没有打扰你？"

"完全没有，请放心。"

"我是你的邻居，阿尔达，你知道，七号来的。"

"当然，我认得你。"

"嗯，如果方便的话，我想就某事同你谈谈。"

"是的，当然。让我们去起居室。穿着你的鞋子吧。不用脱了它们，说真心话。我很抱歉，这儿一团乱。"

他慌张地坐在沙发上的杂志与杂志堆之间。我煮了些咖啡，坐到了他的对面。我的邻居极为紧张。他不知该如何自处。他向我谢过咖啡，嘬了一口。

"我就直奔主题了。整夜我都在想，是否要说些什么。我整宿都没睡。最终，我决定来让你知道。我希望我打算向你告知的事情，不会令你感到烦扰。"

我已经感到了烦扰。开始紧绷起来，我本以为关于公寓的话题，与我有着直接的关联。但我仍然试图表现出放松的样子。向后靠去。我感到窒息。没法估摸出外人看我的模样。特别是我无法控制自己眼睛里流露的恐惧神情。

"我在听着，请继续。"

"昨天夜里，我回家很晚。下半夜的时候。我的意思是说大约五六个小时前。而且……我不知道该如何表达……我看到你在公寓楼里。在我上楼回自己的公寓房时。"

"在公寓楼里？"

"是的，在我的门前。更确切地说，在那儿，在我门前的台阶上。"

我开始感到消化不良。我耳中的嗡嗡声开始加剧。塑胶制品在我脸颊上留下的伤口所发出的疼痛感正在抽搐作痛。我的咽喉非常干燥。我毫无生气地啜了一口自己的咖啡，试图不要让自己变得如此紧张的模样表现出来。

"关于要不要同你袒露此事，我犹豫了再三，最终决定应当让你知道。

或许我能对你有所帮助。我希望我没有打搅到你。"

"没有，我是说我当然因为这样的情形而感到有些烦恼，但当然并不是由你造成的。你此时此刻在帮我一个大忙。请告诉我你看到的所有一切。"

"当我在那里看到你的时候，我真的受到了惊吓。我一注意到你时，灯光就都灭了。我想我是吓得快死了。然后我打开了灯，我认出是你。你的眼睛睁着，但我要怎么说呢，它们似乎并没有看到它们正在盯视的地方。仿佛你是被催眠了。我说了，'你好，'或诸如此类的话。你看着我，但是……"

"眼神空洞。"

"是的。而且……我不知道该如何来说。"

"请告诉我。毕竟你只是在告诉我你看到的事物。"

"你的嘴上有一个巨大的塑胶玩意儿。你一直在用你的手指指向它。仿佛你想要我把它拿走。仿佛你在哀求。我被吓到了，不知道该做什么。随后，在你对我放弃希望后，你自己把它拿了出来，丢到了地上。你没穿衣服，而且。而且……呃，你突然间开始把你的牙齿扎进自己的肩膀里，咬了起来。像是在啃咬的样子。"

剧烈的发呕感再一次在我的身体里渐渐涌起。我耳朵里的嗡嗡声正在加重，这声响自发地化分出不同的调子来。酒店早餐里的鸡蛋黄浮游在我的眼前。我感觉到自己就快要发疯了。仿佛有一团火正在我的双目后方燃烧着。如果我放纵自己，我会在同一时间里呕吐、嚎啕、颤抖、咆哮。我控制住了自己。坚定地。我感觉到自己不得不装出不甚理解的模样。

"我自己的牙齿咬在自己的肩膀上？"

"是的。"

"然后呢?"

"然后……你一边啃着自己的肩膀,一边开始爬楼梯了。我眼睛盯着你看,但我什么都做不了。我想要叫醒你,但说实话,我有点吓到了。"

"你是害怕,我也会咬你吗?"我暗忖道。我的邻居在惊慌中喝完了他的咖啡,坐起身。或许他也能够读取意识?我不这么认为。

"我要说的就是这些了。如果你见谅,我就此别过了。我想让你知道,是因为我想如果你先知道了的话,或许这些会对你有所用处。"

"非常感谢你。你帮了我一个大忙。我会立即去咨询医生的。你还看到别的什么了吗?如果有的话,请告诉我……"

"没了,就这么多。"

"你确定吗?如果有的话,请告诉我。"

我正在从一个自己并不真正相识的男人那里,为获取关于自己所做举动的信息,发出乞求与恳请。我是如何陷入到这一局面的?我想要哭喊的欲望压制住了想要呕吐的欲望。我不知道该将自己的手放在何处,好让他无法知晓它们正在战栗的事实。我将一只手放入自己的口袋,用另一只手开了门。

伴随着眨眼

最后几个月里,我只为了拍摄照片出过门。除此之外,我都在家。因为很长一段时间里,我对所有的一切都没了兴致,开始感觉到自己每一次眨眼，我都在拍摄照片。每一次眨眼，相机的镜头便开启、合拢。就在我眨眼前所见到的最后曝成的画面，凝固定形，并且在我大脑庞大的库存中占了自己的位置。在我记得这些画面的时候，我还在不断地摆玩着它们的对比度、色值、饱和度等。所有的变动都自动存储覆盖在了旧图上。随后，所有的一切再度运转。新的图形等待着被固定成形，存储在了记忆力中。

我的思绪正在被人读取。伴随着眨眼。我思考的所有内容像是愚蠢的句子，被排成一行。还有古怪的眼睛，是我过去从未见过的，每读取它们中的三或四句便眨一眨眼。你明白的，有人现在眨了眼。有一会儿没再眨眼，继续读取。读取，读取，读取，然后又一个眨眼。短过一秒的黑暗。仿佛是在间隔中给某个句子拍摄照片。仿佛是在间隔中择取出句子中的某个音节。为了稍后对它们进行修改……只将它们存储起来，将其余的遗忘……

我煮了些咖啡，走到起居室。打开电脑。被咬过的苹果标识出现在屏幕上。我感到烦躁不安。身体上的印记发出刺痛。我摆上山羊皮乐队①的第一张专辑的唱片。调高音量。在自己的邮件看到了艾博璐的婚礼邀请。我终于明白为什么艾博璐不再打来电话。我只是看了眼日期和地址，并没有将附件的邀请下载下来。我完全不想去，但我还是会去的。你明白的，对我人生的一次完美总结……我甚至不知道她有了一段新的关系，更不必说她打算结婚。我没有任何的感觉。我感到厌烦只是因为我即将一整夜和

---

① 山羊皮乐队（Suede），英国独立摇滚乐队。

自己并不认识的人坐在长而无趣的餐桌前。

我穿好自己熨烫平整的西服,脑海里是零碎的思绪。我正前往艾博璐的婚礼。在出租车的黑色后座里……她最近还在坚持要我给她拍裸照。究竟什么时候,她找到了这个她将要结婚的男人?我们的关系是否会更健康?我的视线留意到我们途经的招牌上的文字:"艾博璐的内心轨迹。"一首低沉单调的歌曲从汽车的卡式录音机里传出。赛丽塔甫·埃拉纳尔[①]将她的嗓音锤击在我的脑海里。

在抵达宫殿般的酒店入口处之前,我让出租车停了下来。我下车,步行。我不想让戴着白色手套和帽子的男人来开我的车门。我还没有为这样一场戏剧剧目做好准备。我快步走入,更像是普通员工中的一名,而非宾客。

我在艾博璐的婚礼上。随同我熨烫平整的黑白色西服下方的紫绿色、皱巴巴的牙齿印子。正如我所猜测的:我身处一张由我并不相识的年轻情侣组成的餐桌,餐桌比我猜测的略长一些,但比起猜测的要无趣得多。

他们正在拍摄录像和照片。摄影师紧紧尾随着这对恩爱的夫妻。我避开身边乏味的人们投以好奇的目光,吃完了头盘。他们是否在读取我的思想?不。

很快,灯光黯淡了下来,音乐起了变化。方才四处闲逛的宾客们回到了自己的座位上。投射在幕布上的幻灯片演示开始了。这是一幅由艾博璐和新郎迄今为止拍过的所有的照片组成的拼贴画。灯光彻底熄灭了。除去

---

① 赛丽塔甫·埃拉纳尔(Sertab Erener),土耳其歌手、演员。

幕布，什么都不可见了。为了契合背景中播放的"我的眼里没有他人，只有你，没有他人，只有你，"我们开始观赏起艾博璐和这个男人无趣的照片来。与此同时，我一边摸黑吃着自己餐盘上非常不够火候的肉食。艾博璐审查过自己的人生，和这些以适合今晚的方式拍摄而得的照片。她童年时的照片，她在高中里摆弄的姿势，假期的回忆……当我在其中一张照片上看到新郎和一位斜眼、矮个、偻背的男人时，我的毛发竖了起来。我整个嘴里的食物混作一团，哽在了喉部。我几乎没法将它咽落下去。是他。是那个陌生街区的照相馆里的男人。在我逃离侍应生的住所时拜访过的那间……我惊疑他与新郎有何种关系？显然，他是家庭中的一员。或许是他的父亲……由于这场幻灯片演示的愚蠢设定，照片正在进行回放。向着过往回溯。因此，我开始看到更年轻，甚至更年幼时期的斜眼男人。并且，我在稍后留意到。同一时间里，这就是那个被雇佣来接替我的职位，来分发照片的男人。我记得他的模样，看上去比我年长二十岁、令人恼怒、单调乏味、寡淡冷漠，总是佝着背。恍如昨日。他在酒店工作室里一个个解填字游戏，演奏的可怖的电子音乐在我的耳朵里隆隆作响。我记起在那个地区，他在自己的馆子里也是一边解着填字游戏，一边收听此类音乐。我撞翻了饮料。"我的眼里没有他人，只有你，没有他人，只有你。"演示继续。当我再多看过几张照片后，我确信了。是他。但我开始拍摄照片的时候，他开始代替我将它们分发出去。我将自己的位置交接给了他。随后他在那片地区上开设了自己的照相馆。一家橱窗里悬挂着侍应生和巴士司机照片的馆子……他继续听电子音乐，并且拍摄照片。他此时此刻是否在这儿？他一定是在这儿。演示结束、灯光亮起的时候，我看向正在鼓掌的宾客，但无法看到他。

过了一会儿，艾博璐和新郎来到我们桌前。同所有人一样，我也拿出装有黄金的小型钱袋，并且将它放入到那个徘徊在他们身后的斜眼姑娘手里持着的大型、蓝色、丝绒提包里。蓝丝绒①。名义上，我与餐桌上的人们并无不同。身着西服，我也亲吻过年轻的夫妻，微笑着将我用钱袋随身装载的金币投出。如果你不对我身体上的牙齿印记和我脑海里的思绪进行计入的话，我只是他们当中的一员。例如，我的耳朵与他们的相仿。相同的颜色，相同的曲线，相同的尺寸。仿佛是在图片编辑上被复制再生而得的。控制键加 C 键，控制键加 V 键……但我憎恶他们欣然聆听的曲目中的每一个音符。即使我们耳朵的形状别无二致。

当我小口取用面前的甜点时，一张照片出现在了我的面孔与餐盘之间。被塞入一张卡片的我在婚礼上的照片。我看着这张被端举在我面前的照片，如同是在看一面正在展示着不远的过去的魔镜。空洞地看向它十分之一秒后，我认出了自己。一场意料之外的相逢。我道过谢，将它递了回去。

随着音乐过渡到土耳其流行作品，每个人都起身跳起舞来。我也是。而我的目的可不是要放任艾博璐在这个属于她的幸福日子里独自一人。我正在寻找那个斜眼的人。如果找到了他，我不知道自己会做什么，或是说些什么。雾气喷洒在舞池地板上。如同往日。我仍在寻找着他。此时所寻找的是那张在我脑海中的照片主人……我正在突然迸发出的、带有色彩的

---

① 美国电影导演大卫·林奇曾执导过一部同名电影《蓝丝绒》（Blue Velvet），该片讲述了不谙世事的大学生杰弗里·博蒙特，在回家看望患病父亲的途中发现一只被砍下的耳朵，这只残耳引发的一起性虐待案件的故事。

灯光中，寻找一个佝背的剪影。他不在。哪儿都没有。但我知道我在哪里可以找到他。我来到室外。点燃一根香烟，松开了自己的领带。

抑或只是一碗汤？

我终于回到了家。脱去自己的西服，将它丢入洗衣机里。我走到床边，脑袋天旋地转。

在梦里，我身处一间阴郁的屋子里。四周都是浓烈的色彩。当我的眼睛适应了黑暗，我将他们辨别了出来，与我同龄的、穿着多彩传统服饰的女人们。我很快明白到。我在艾博璐婚礼前涂着凤仙花的那个夜里。在女人的衣裙里。着了色的网纱遮盖着我的双目，我从背后张望着。每个人的手掌上都有凤仙花的痕迹。她们一边跳着舞，一边开始脱衣服。

有色的面料仿佛面纱般从她们的身上落下。我看到她们的身体上也有凤仙花的痕迹。圆形的、红紫色的印记。大大小小的……在她们的手臂上、腿上、背上和项颈上……医生在她们之间踱着步。他弯下腰，仔细地看着她们的凤仙花印记。他得意的一笑。"这些是牙齿印，"他高喊道，"它们真的是牙齿印。"女人们继续跳舞。一场诡异的舞蹈……一分钟里她们偻下身子，随后又直挺挺地站着。偻下身子，直起。

早晨，我听到屋外的一记警报声，醒了过来。警报声来自店铺中的一家，定是自行关闭了。我想起购物中心的照相馆。在我背上有几处发痛的地方，痛感令人愤怒的相似。它们以警报声同样的节拍发出搏跳。我脱去自己的T恤，跑到厕所。我将自己的背部转向镜子，然后转动自己的脖子，仿佛它是要断了一样。我的背部覆满了牙齿印痕。我在警报骇人声响的陪伴下，保持静止不动了片刻。

　　我要去搭乘142路巴士，然后入睡。以坐姿保持完全的清醒，等待抵达终点，是冒有风险的。看似，若是我不睡下，那里便不会成为终点了。这很难解释。但是来自睡眠的帮助是必不可少的。着实荒谬。对此我可以忍受。这比起出现在我背部的牙齿印而言，也并不会减少荒谬。我不得不遵照规则来行事。否则，就没有将它解决的可能了。不要小聪明。不过度诉求逻辑。不问究此事是如何的没有意义。在142路巴士上瞌睡。然后下车，找到那个侍应生。我记不得侍应生究竟长相如何了。但我相信自己能够找到餐馆的位置。余下的事情无论如何都会接连发生的。第一处印记是在那儿出现的。那个侍应生或许与它有关。他要我留下过夜的坚持。下半夜里，他与他人在街道上的说话……我在那里找到了关于展览主题的设定。即使那是在我的梦里……那个摄影师或许也在其中插了一手。他也是那个开始在酒店工作时接替我职位的人。相互间的联系在即刻间变得牢固起来。如若我想对自己身体上的印记发起追问的话，那么终点所在显而易见了。现在，我必须走了。再者，为展出设计灵感的时间已经非常寥寥了。我要一石二鸟。我在脑海里显现出一幅石头投向位于那片街区摄影馆的窗户画面来。窗玻璃被击了个粉碎。

　　我已经两天没有睡觉了，因为我需要在巴士上睡着。从婚礼的那个早晨，我在镜子里看到牙齿印向我发起攻击开始。我无法睁开自己的双眼。

我的膝盖因为体力的殆尽而感到虚弱,骨头麻木无感。我去到巴士站,开始等待。为了不致睡着,我没有坐下。在几部巴士如同梦境般经过后,142路到了。它停靠下来。门打开。一阵极为短促的犹豫……车厢里空无一人。我想要坐在同一张位子上,但我记不清是哪一张了。我坐在大致的位置上。向后靠去。闭拢自己的眼睛。巴士起程,我开始入睡。我一边听着引擎发出的噪声,一边陷入到这张并不舒适的座位里。我感受到恐惧与喜悦的交杂。我控制住自己。若是放纵了自己,我会开始大笑,或是嚎啕大哭。

"起来了,哥们,我们到终点站了。"

同样的声音。同样的蓝衬衣……仿佛我回到了那一个刹那里,而非那片街区。这一次,我看着他的面孔。一张背光的面孔。所有的一切都如计划般进行。没有丝毫的阻碍。我独自一人在巴士上。天已经黑了。所有的一切正如它应有的模样。我拾起自己的背包,站起身。从前门下了车。摇摇欲坠的巴士车站仍在原位上。巴士启动了。它融入到了黑暗里。

我即刻找到了覆盖有涂鸦的墙壁。涂写的文字似乎有了变化。这一次,写的是其他的东西。不同,但很相似……我默不作声地走到街口出。那种感觉再一次……某个我无法看到其面部、并非身处此地、却正在想象我身处此地的人……那两只转向我正在逐渐缩小的背部的眸子……我继续走向那堵墙面,像是正在融入到涂写的文字中去。

当我走进那条街道,我的心脏仿佛要漏跳一拍了。歇了业的商铺所排列的方式与我记得的方式并不相同。我的记忆必是用它自己的方式对它们进行了重排。当我从照相馆的面前经过时,我的眼睛搜寻起侍应生的照片来。它不在原先的位置上。我快速步行。失踪人口的告示被取走了。要么是因为他们已被人找到，要么是因为丧失了希望……除此以外，所有的一切正如我离开时的模样。损毁了的儿童假人、闪烁的荧光灯、白色的烟雾，和小额零钱可用的糖果机……

餐馆在原位上。还有发磷光的橙色字母。这一次，街道显得短多了。一种古怪的刺痛感遍布了我的身体。有牙齿印子的部位所遭受的刺痛更甚。或许是因为正在趋近它们的主人，而带上了兴奋的感受。我必须冷静。泰然自若。我走了进去。店内是另一个男人。一个完全不同的男人……

"欢迎。"

"嗨，我在找某个人。过去在这儿工作的那个小伙子，我不知道他的名字。他是个侍应生，而且事实上他住在楼上。"

"我知道了，你在找塞利姆。他当上演员了，搬走了。我接替了这个职位，我的名字叫欧米尔。他把屋子也留给我了。"

"我明白了。我要怎么联系上他？"

"他在连续剧《清算审判书》里扮演杰瓦特一角。但我不知道他住在哪儿。有什么我能帮上你的吗？你在这儿的同时，为什么不喝点汤呢？"

这是一个信号吗？抑或只是一碗汤？他示意其中一张空桌。

"好的。"

"小扁豆汤，番茄汤？"

"小扁豆汤，"当然。

我喝着汤,同时,从余光处看着这个新的侍应生,欧米尔。他走到屋外,在门前点燃一支香烟。在他喷出烟的时候,我认出了他那张被灯光照得鲜红的脸。那个在街灯下同侍应生说话的男人……他接替了他的职责。正如摄影师从我这里接替一样……即使我无法完全无误地领会到其中的联系,我仍然感觉到所有的一切正在顺利进行。某种循环正在闭合。欧米尔从他的口袋里取出自己的手机,开始说话。他熄灭了自己的香烟,又说了一会儿话,然后走了进来。他坐在我对面的椅子上。

"如果你乐意的话,今晚和我一起过夜,我们明天会去阿尔斯兰先生的办公室。他是处理你问题的人。"

我的问题?冷静沉着地接受所有的一切,所有的奇异古怪,不恐慌,不质问……

"好的。"

空荡荡的起居室里并没有别的家具了

我在欧米尔楼上的寓所里过了夜。屋子的内饰并没有发生大的改变。大多数的家具仍是一样。也仍在原位。地板上的床铺不在原位了。我在一张冰冷、狭窄的沙发上瞌睡了一场,并未感到舒适、烦乱不安、焦虑急切。

我们大清早起了床,用过早餐。与之前的那次相比,这次的早餐要简单随性得多。我没有向欧米尔问任何事。谁是阿尔斯兰先生?他的办公室在哪里?你所提及的"我的问题"究竟是什么?阿尔斯兰先生是如何知道的?你是如何知道的?我们只字未吐地吃着。我们将茶水饮了个精光,然后出了门。

　　我只是跟随在他的身后，清晨的寒意让我的骨头感到疼痛。抑制住所有的问题……在漫长步行的尽头处，我们拜访了一座房屋建筑群的泥泞地块，建设已经停止。当我从计划在未来呈现出宏伟壮丽模样的、建设中的简陋大门穿行而过时，我留意到，临时搭建在那儿的组合式保安室里有一名男子。他在同一时间里也留意到了我们，迅速集中起注意力来。

　　半建成的楼房按固定间隔排列。所有的都只用砖块搭建。窗户的部分都敞开着，但尚未镶入玻璃。我们开始朝向其中一栋房子走去。有那么一刹那，我感觉到一股剧烈的想要转身的欲望。我恐慌起来。但眼下已经太迟了。因为得不到光照，房子内部要比室外寒冷。那名被唤做阿尔斯兰先生的男子正坐在空荡荡的、四壁涂了泥灰的起居室中央的绿色沙发上。

　　"你好，阿尔斯兰先生。"

　　一只裸露的灯泡在他的头顶上方……
　　"你好，欢迎。"

　　他有一副低沉、嘶哑的嗓子。如同一声嗥叫……
　　"这是那个我同你谈论过的年轻人。"
　　"你好。"
　　"你好，我的小伙子，过来坐下，请别客气。"

　　他指向沙发对面两张看上去并不舒适的椅子。我们坐了下来。中间是一张涂刷了好几层漆的塑胶凳子。凳子上,是一瓶古龙水。空荡荡的起居室里并没有别的家具了。这个地方如同施工中的一间垃圾室。完全的空无一物,又被塞得满满当当。零零碎碎的东西被堆在了四周。积攒起的报纸和杂志、电子器材、玩具,和罐头……我对周围环境的监视,被阿尔斯兰先生响亮的咆哮声打断了。

"等等,让我给你们弄点喝的。"

当他站起身,我留意到他那与他令人害怕的嗓音还有,与之相符的胡子,几乎触到了胸膛。他朝着大起居室角落地面上的玩具茶器走去。在欧米尔的举止间有一种明显的优柔寡断。就在方才满身娇气从安全人员面前经过的大人物,在制止自己发抖一事上却是困难重重。他坐得笔挺。一个虚伪而娴熟、带着惧意的微笑黏在他的脸上。他空洞的眼神正在啃咬着对面的空沙发。而我,则看着唯一一件在房间中移动的事物。阿尔斯兰先生的嘴里一边冒着烟,一边俯下身子。他开始触探玩具茶器套的分件来。他在红、蓝、黄、绿小型塑胶餐盘、餐叉、餐刀、迷你壶罐、煎锅、碟子和咖啡壶间,选了三只粉色的塑胶玩具咖啡杯。他将印有黄发、明蓝色眼睛的芭比图案的粉色杯子一只挨着一只摆到了凳子上。他抓起古龙水瓶子。将它举起。用另一只手捏住瓶盖。开始转动它。时间似乎渐渐慢下来。我的思绪在观察着他的每一个举动,一个举动接着一个举动,立刻眼花缭乱起来。

芭比变成了一具僵尸

　　阿尔斯兰先生打开瓶盖,小心翼翼地将古龙水分至杯中。明黄色的古龙水气味从芭比玩具茶器的塑胶杯子里升起,让我的咽喉背部感到灼烧起来。我想起发生在香水店里的那场斗殴。当我从门中穿过,触发我思绪的惊慌感受,开始在我的身体里分化、繁殖,带着刺鼻的嗅觉效果。即刻间。欧米尔一边向他道谢,一边拿过一只杯子,开始喝了起来。与此同时,他向我看来。满是恐惧和伤痛的双目嘶吼着叫我必须将它喝下。我将杯子端到自己的嘴边。我装作在喝。古龙水的火焰卷烧我的嘴唇。我将它放下。

　　"你没在喝吗,乖乖小男孩?"

　　"我在。喝得慢。"

　　"如果你是假装喝的话,那么我也会假装解释。"

　　我喝了一口古龙水。起初是我的嘴唇上壁,随后我的咽喉,接着我的胸膛剧烈地燃烧了起来。我将半空的粉色杯子放到凳子上。眼睛在刹那间浸润了。

　　"还有鲜红色的,"阿尔斯兰先生道。他留我独自面对那份熟悉的恐惧感,对这片地区独有的恐惧感。我鼓起勇气,说道。

　　"那么,先生,我推测,事实上,您知道是什么事。真的要我做出解释吗?"

　　他朝我看了一眼,致使我一念未动便将剩余的古龙水一饮而尽。我的眼睛不由自主地闭拢起来。一只不幸的、遭了奸污和殴打的芭比娃娃浮游在我的眼前，头发散乱，面孔塌陷，身上的粉色变成了紫色。她正在一片阴郁的森林里惊恐地奔跑着。当我睁开眼睛，阿尔斯兰先生正将古龙水重新斟上。

"聪明的小伙子……"

因为这句话，欧米尔比我更放松起来。他显然将那口憋住的气吐了出来。

"他是的，先生。"

"当然，不需要你来解释。你的解释只是一种形式……听着，年轻人，首先，我并不真正喜欢你们的这种状态。人拥有具备教养的外表，并且在他们的生活中时刻以干净利落的方式来行事，是基本要素。在不修边幅的人的衣着上、家里、职业生活中所见到的邋遢失序和自我放纵，并非他物，不过是自私自利的行为。"

我感到恶心。这些是前侍应生早晨在自己家中做朗诵练习时，从书上读出的句子。我感到困惑，不知自己应当给出如何的反应。欧米尔也在我的身旁紧绷了起来。阿尔斯兰先生迅速在自己伪装成柔和亲切的声音里，摆出一副责难的架势，随之继续道：

"别忘了我说过的这些话。现在赶紧，给我看看这些印记。"

我感到麻木。古龙水必定也对这份感觉施加了某种效力。我卷起自己的衣袖。他远远看着，漫不经心的样子。他的神情比起医生，远为冷漠，但是足智多谋了许多。

"我的孩子,你对自己做了什么?太遗憾了,不是吗?"

我感受到一股无止境的自怨自艾的情绪在心里涌动。我一口喝下第二杯古龙水。无法控制自己的眼泪。

"看吧,孩子,你会好受些的。"

他再一次将我的古龙水斟满。芭比变成了一具僵尸。

"欧米尔,只有老板才能为这个男孩儿所遭受的不幸找到疗方了。他是最了解他的人,能够就他的未来,对他的声音进行观察。无论我说什么,都只是推测。若你能出现在老板面前,便最好了。"

当他们在谈事的时候,对于老板,关于与他见面、预约时间、扯几根线,都不理解,我在座位上啜泣。随着我的哭咽,我喝下的古龙水带着一种灼烧的效力回到了在我的嘴里。我再次将它咽下。当我越想要知道自己在这个思想被人读取、私生活的细枝末节都为人知晓的鬼地方做了什么,便越想要哭喊出来。

在同一张并不舒适的沙发上

再一次,我再一次在欧米尔的屋子里过了夜。整夜里,我们看着电视,没说过一个字。一部旧的土耳其电影。当影片结束时,巨大的"片终"一词出现在了屏幕上。这荒诞的文字在我的身上起了奇怪的作用。其中一个单词整齐地摞在另一个顶上,巨大的单词堵在了我的喉咙里。我感觉到自己似乎无法呼吸了。欧米尔关闭了电视。我抵达尽头了。像是一条意识到自己即将死去的狗那样,蜷缩在位于屋子最偏僻角落里的一张冰冷、狭窄、令人难受的沙发上,闭起自己的眼睛。用巨大的白色字体写成的"片终"一词浮游在我的眼前。它一边颤抖着,一边开始壮大。直到整个地方都成了雪白的颜色。一场幻灯片演示在白色的幕布上开始放映了。照片按序出现。来自舞厅的,来自展览的,来自职工宿舍的,来自艾博璐婚礼的,来自家里的,来自购物中心的,和来自梦里的……

早晨,我们要去见某个对老板甚为了解的人,好叫我们的会面没有问题。为了获取关于前去时我们应当随身携带什么,应当穿戴什么,以及我们应当如何行事的细节。带着不将事情办砸的目的。仿佛次日永远不会来临似的。

早晨一醒过来,我们便立即出了屋子。我跟在欧米尔的身后,眼睛里带着瞌睡,同时吃着一个我从面包店里买来的马铃薯面包。我有一股荒诞的想要放弃的感觉。我的脑海里出现了蓝色鞋套沿着人行道被风吹过的画面。我看向自己的双脚。是其他人走路的模样……我们将明媚的晴日抛在身后,进入到一间昏暗的车库里。欧米尔向其中一名男孩儿询问内扎特。我们进到更靠里的房间。内扎特没了一只手臂。他伸出另一只。我们握了握手,做了自我介绍。在握手时,直视着对方的眼睛。似乎他无法读取我的想法。

茶水奉到。我们身处一间发霉的、半昏暗的、闷不透气的房间里。墙壁上有一本附有幼猫照片的年历。内扎特的白色胡髭蘸入到浓茶中。欧米尔也令人烦恼地啜了一口自己的茶水，插嘴道。

"阿尔斯兰先生向您问好。"
"谢谢。"
"为了我们的朋友，我们同老板在明天做了一次约见。您能否向我们给出建议？我们应当如何前往，应当随身携带什么呢？阿尔斯兰先生说过，您在此事上是个行家里手。"
"完全不是。让我们来谈谈经验。"

他的视线滑向自己被截肢的手臂，继续道：
"我们通过经验学到了一些东西。"

有片刻短暂而紧绷的沉默。我身体上的所有伤口都在同一瞬间发出刺痛。内扎特嘬了一口自己的茶水，继续道：
"好吧，正如谚语说的，'人在失去手时，才了解到手的价值。'"

欧米尔和内扎特突然大笑起来。我想要远远地跑开。我没法动弹。他们将因为大笑而变得湿润又怪异的眼睛转向到我的身上。我不得不咧嘴一笑。这或许是我的面部历史上最为勉强的笑容了。内扎特抹了抹自己的眼睛，刹那间变得严肃起来。

不开玩笑，老板是喜欢我的。他称呼我为"搭档"。事实上，我是他的助理。而阿尔斯兰先生则是我们用来出任反派的角色。无论何时有人需要点压力，或是如有必要遭点折磨的话，便会把他们送到他那儿去。

我试图在塔伊丰和被他称作"搭档"的助理奥斯曼之间，在冲印师或反派杰米儿与内扎特正在谈论的等级制度之间，想出一种对应的关系来。我对自己重复道。不要理论，不要质疑，不要思考……

"你们知道，老板对音乐怀有热情。俄罗斯铁克诺音乐①。"

"俄罗斯铁克诺？那，我们在哪儿能找到一盘磁带、一张唱片，或是别的什么？"

"不，磁带不行。你需要一块牌匾。即刻做一块牌匾出来。写点诸如，'感谢您对俄罗斯铁克诺所做的贡献，'铭刻在上头，然后把这个给到他。你们会因为这份礼物而赢得老板的心。他有许多上头刻了相似内容的牌匾。而他会乐于将你们的添置到他的收藏中去。"

"我们要找谁来做呢？"

"你们知道街尾的乌富克广告……塞菲克儿子的地盘……他们那儿有做。"

"还有别的吗？银的什么，一支金笔，珠宝，或是诸如此类的东西？"

"不，老板喜欢带有感性价值的礼物，包含物质价值的东西会有危险的。就只带牌匾去。穿你们日常的装束……不要过分表现。一副具备教养

---

① 铁克诺音乐（Techno music），又译"高科技舞曲"，是一种电子音乐，发源于80年代中期到晚期的密歇根州底特津市，将灵魂从肉身转移至机械是他们的中心思想，也是一种科技灵魂的表现。

的外表便足够了。行事要干净利落。"我将自己的眼睛转向墙壁上的幼猫照片，以避免直视内扎特的视线。

"非常感谢，内扎特。我们会立即着手准备的。请见谅。"

我感觉成了一个完全不同的人

我们去到制牌匾的师傅那里。有一块现成的。一只蓝色的盒子……丝绒……他打开盖子，向我们展示："感谢您对俄罗斯铁克诺所做的贡献。"

我试图构想出当老板读到铭刻的文字时，会出现在他面孔上的愉悦笑容。

翌日，我们前往另一处综合性住房设施的工地。又是一处巨大的综合性建筑，又是建了一半。欧米尔以一种黑手党式的姿态向大门处的守卫致意，而我则如同他的影子般钻了进去。随着每一脚的步伐，我似乎一点点变得透明了起来。仿佛我正从地球表面上消逝。

老板的办公室在综合建筑仍空置的水池底部。这是一座奥运会比赛规模的池子，或是再小上些。我们如同两位一同决定让此事就此了结的恋人般，行走在峭壁的边缘上。不置一词。我们在池子的边缘处停下脚步。老板在他的木质书桌旁，书桌矗立在一块位于明蓝色地板上、被明蓝色的墙面包围着的、如同魔毯般的棕色地毯上。我从这一角度无法看到他的面容。他直挺地坐在书桌旁。桌面光秃秃的。身后是两名立正姿势的保镖。

欧米尔努力不让自己的躁动表现出来。他像是一只受过训练的黑猩猩，敏捷地走下台阶。他从池子的底部看着我，扣上了自己的夹克。我想要往回跑。我紧紧握住台阶上的银色栏杆。等着自己晕眩感结束之后，我将自己的脚放置到第一级台阶上去。当我下降的时候，一股令人不悦的战栗传遍我的全身。如同我正在进入到冰冻的水中。想象中的水流在没有将谁打湿的情况下令人感到寒冷……或许这是一处具有治愈性的池子，对我的伤口有所益助……我感受到自己身体上的印记开始发出刺痛。它们是否会在这见鬼的疗养池里得以找到一个治愈之法？我走下台阶，寒冷和刺痛感的剧烈程度加深了。

我的脚触到了池子的地板。我感到自己成了一个完全不同的人。仿佛我将我自己留在了上面。我向欧米尔走去，对方像是出现在法庭上的犯人般，正站立在老板的书桌面前。他是那个他们称之为老板的人。这地方上那间照相馆里的男人……在酒店从我的职位开始做起的男人……比我长约二十岁，单调乏味，兴致淡漠，身子佝偻，令人恼怒……艾博璐婚礼上幻灯片演示里的男人。在那一刻，我感到在我们之间存在着另一种联系。一首骇人的电子乐从墙壁上被改成了扩音器的通风部分带着回声传了进来。这必然是"俄罗斯铁克诺"了。墙壁上一些正方形的瓷砖上写着字母。被分割开来组成不同单词的字母。如同一则填字游戏……欧米尔正捧着匾额。我们在池子的蓝地板上只站了一会儿。我试图不去思考任何事情。因为我并不相信，我在这座池子里所做的任何思考都归我个人所有。

过了片刻，老板说道，"什么事？"欧米尔一个猛点头致敬，像一台机器人般踏步向前，将牌匾放到书桌上。他非常紧张。他为何帮助我？我过去未曾质疑过此事。他势必能得到什么好处？老板揭开丝绒盖子，阅读起来。他笑了。欧米尔因为这个笑容而感到放松，开始将话题提出。因为音乐，我无法听到他们说话的内容。或许这是特殊准备过的音效设计。老板身处空池子的底部，在听他说话的同时，眼神时不时朝我的方向移来。我感觉透不过气来。我想要升到表面去。我按捺了下来。视线牵绊在自己脚下的马赛克图案上。由淡蓝色调向深邃海蓝过渡的极小方块，仿佛在依稀移动着。

随后，老板把我叫到了他的面前。欧米尔回到了我略早前站立的位置。这一次，他没法听见了。老板将视线转移到我的身上，开始用一种平淡的口吻说话。我的心脏的搏动与俄罗斯铁克诺音乐融合到了一起。

"治愈是要分享的……不要掩藏，分享出来，"他一边说着，一边直视我的眼睛，随即沉默了。

刹那间，新颖的想法开始侵袭我的大脑。我的脑海如同一方空池子，开始充盈起来。我的新展览主题，将会是我身体上的牙齿印。而展览画廊则是一处空水池子……音乐就像这样，从被改造成扩音器的通风口中传出……我突然间满心的欢喜。我的所有恐惧和恨意在转眼间便消失了。我向他道谢。我开始喜滋滋地爬起方才带着惊恐感下行的台阶。而欧米尔则跟在我的身后。

我们来到表面。我深吸了一口气。
"那么，这事儿结了，你一定感到高兴吧。"
"欧米尔，我要怎么报答你？"

"这是什么话……我尽我的本分罢了。任何人都会这么做的。"

"非常感谢。我得即刻回去了。"

"今晚留下。你可以明早走。"

"好的。"

那日夜里,在叫人难受的沙发上,我反复思量着关于展出的细节。直到早晨。我打算将我那些向所有人隐藏的、在无声中隐忍的、在T恤、套头毛衣和围巾下被我不断拂拭的印记展示出来,将它们扩放到巨大的尺寸。我打算将我隐藏的事物一一展示出来。

我在下半夜里感到了困倦。在梦里,我独自一人出现在阿尔兰斯先生的面前。在半建成的起居室里,正在播放着电影《蓝丝绒》① 的主题音乐。阿尔兰斯先生的嘴里有一支没有点燃的香烟。他一边说话,一边玩弄自己的鼻子。他将它捏成不同的形状,如同在把玩面团一般。他将它歪到右侧,他将它扭向左侧,将它向前拉拽,随后向上翘起。这坨以他鼻子为造型的面团,停格在由他摆成的形状上。

"好好听我说,孩子。人被一切为二。一些被刀一切为二,一些则被电锯。而那些被刀一切为二的人,再被一切为二。当然,他们为此需要一名受过训练的日本武士。武士将自己的利剑举至空中,等待着。他迅捷地将之挥落到受害者的脑袋上。剑向下滑至男人的腹股沟处,男人被分裂成了两个人,受到处罚,被强制单脚站立。随后,无法经受这一处罚的可怜玩意儿们倒在了地上。它们分别倒落在了同一处地方。"

---

① 《蓝丝绒》(Blue Velvet),是1986年由大卫·林奇执导的美国悬疑电影,成功结合了黑色电影与超现实主义元素。

蠕虫被一分为二。随后，两截身体分别移动起来。

二分为二。2用数字书写，二用文字书写。

肌肉丝毫未动

我几乎没睡，但早晨醒来时感到精力充沛。我仿佛从穿戴了数月的骇人铠甲里挣脱了出来，变得更轻盈了。我的双脚再次触到地面。头脑比以往都要更加清晰。我穿好衣服，走了进去。欧米尔在起居室里。我们一同享用了早餐。

我向欧米尔道了别。这一次，我离开屋子时放慢了脚步，而非奔跑着离开。我慢慢走下楼梯。来到广场上。照相馆尚未开业。在等待了约十五分钟后，一部轿车停靠了过来。

"你会经过塔克西姆吗？"

"会的，上车。"

我在广场上下了车。在丢弃了我的铠甲后，我感到自在不拘。仿佛所有的事物都在以快得多的速度移动着。而我则停下了自己拖沓前行的脚步，开始漂浮起来。比起先前很长一段时间，我变得更沉着了。我回到家中，做了洗漱。

我将拍摄自己身上印记的日子留了出来。但我花了数小时的时间，看着三脚架顶端的相机，三脚架位于我所躺卧的地方的脚边。肌肉丝毫未动。我的视线直盯在快门按钮上。我连一根手指都无法抬起。

翌日，我鼓起我所有的勇气和体力，把灯光陈设了起来。为了艺术我脱光了衣服。同我的咬印一起，站在相机的面前。我拿着远程遥控器，将掌控权留给画幅，拍摄了成堆的照片。在手臂上方，在手臂下方，在腿上，在项颈上，在肩膀上，在手上，在胸脯上，在背上……紫绿色，黄色，褐色……当我的脑袋因为饥饿开始晕眩时，我跑到厨房，快速烹煮了一块三分熟的肉，满了血。当我在厨房餐桌旁急急忙忙吞食的时候，意识到我什么衣服都没穿。我像是一头受了伤的动物，正弯俯着进食自己面前的东西。

我拿着咖啡杯进去。继续拍摄。完成之后，天已经变暗了。我把照片传输到电脑上，在它们中间挑出二十四张。没有必要打开图片编辑器。我把选中的文件刻录到一张 DVD 上，只按它们原来的模样。但我没必要担心给它们取名。它们中所有的标题又一次成了"无题"。我拖着自己的双脚回到卧室睡觉。

早晨，匆匆吃过早餐，我拿出刻录了照片的 DVD，甚至连一杯咖啡都没有喝，我出发前往马斯拉克的打印机所在地。这一次，我没有在迷你巴士上睡着了。我一边试图避开印照片人的目光，一边向他支付他的酬金。

两天后，当我提取印制的照片时，我再一次试图避开他的视线。我把照片的印成品递往展览的组织人。他们钟爱我的作品。他们说这会是一场远远超越他们期许的展出，并且他们感到非常兴奋，诸如此类。他们还补充，开幕式上会有来自国外的策展人。他们确定，我凭借这场展出，会为自己赢得国际声誉。我们的咖啡来了。我们开始谈论展览的细节。他们也批准了空水池的想法。他们说他们会即刻开始研究此事，并且努力找一处合适的场地。我也对音响系统以及要播出的音乐做了些讨论。他们对从我嘴里说出的所有内容都心怀赞许，表示欢迎，以十分严肃的态度做了笔记。随后，我们轮流握了手，然后离开了。

我要等他们的来信。我唯一做的只是待在家里等消息。幸运的是，这段时光并没有延续很久。

直到我的脑海里不剩下哪怕一丁点的、会被他人读取的思绪

数日后，我被电话的声响惊醒了。我的身体里有一种奇怪的感觉。仿佛这是我最后一次醒来。一种阴暗的感觉，仿佛我睁开自己的双眼，迎来的是末日。出现在欧米尔同我观看的电影结尾处"片终"二字的画面，浮现在我的脑海里。打来电话的是组织展览的女士。她想要我去画廊走走，从整体上对展出以及照片的展出方式进行核查。被她称作"画廊"的就是水池。我说："没有必要。"她坚持。她会感到不适。艺术家必须对场地进行核查，并且给予认可。她坚持我前去一看。如有任何事物令我感到不安的，他们会即刻进行整改。她说话时带着一种夸张的、令人极为愤怒的敬意。"非常好，"我说。然后我许诺在查看后会打电话过去。我把自己从床上拖拽下来。穿好衣服，出门。在因为季节结束而停止营业的夏日俱乐部面前，我走下出租车。我向大门处的保安人员说明情况。

"请进，他们已经电话通知过我了。但我必须拿走你的身份证件。走个形式。你离开时可以拿回。"

当我把我的身份证件交给保安官员的时候，我的目光留意到上方的护照照片。有些古怪……我走了进去。结果我看到巨大的水池内部和四周环境颇为空旷。伞和日光浴的床被移走了。夏季里充满生气的池子，被闷罩在了一派死寂的静默中。我记起酒店舞厅里荒废无人的状态。这一次，周围没有了可以说话的人。

我走到池子的边缘。人们在蛙泳，腹腔扑击水面，沿底部潜水时头部先行，仰躺着游，一动不动，相互推搡着下水，在试图推挤他人时自己落了水，坐在边沿上，在日光浴的床上烤晒自己，在伞下阅读杂志，阅读书籍，吃烤过的三明治，还有喝汽水……对一个文明的总结……所有的一切都随着水分蒸发得一干二净了。这是一个干旱不毛、死气沉沉的地方。

当我走到水池边缘，我停住了脚步。我的照片被按固定间隔排列在蓝色的马赛克墙面上。我从高处看着所有的一切。它们不带有任何的意义。我不知道参观者们要如何找到展览。它被人喜爱或被人憎恶的可能性之间并无差别。

那种自己的思绪被人读取的令人作呕的感觉又一次出现了。尽管我还是独自一人……再次俯瞰。我感到晕眩。我紧紧抓住台阶上冰冷的栏杆。一股凉风让我的脊背发冷。张大了的印记深吸了一口冰冷的寒气。如果我走下去的话，是否会摆脱这份感觉？或是到了池子里仍在持续？事实上，唯一的解决之道便是什么都不去思考。如果我对任何事物都不做思考的话，就不会留下任何想法被人读取了。这是唯一的解决之道。然而，这并不容易。因为思考着不要去思考也是一种思考。我不得不以某种方式挣脱这趟恶性循环。暗自相信着自己能够做到。我深吸了一口气,闭上眼睛。在等待片刻之后,我慢慢睁开双眼。仿佛进入到了假想的水中。战栗着。慢慢地。

当我爬下台阶,再一次闭上了自己的眼睛。我感到自己仿佛身处职工宿舍,而非水池。我的心脏因为旧日里的那份恐惧感而收紧了。我感到自己从未能够离开酒店,没有人替代我分发照片,我从未能够开始从事摄影,所有的展出都不过是梦一场,我并没有属于自己的照相馆,或对音乐有所品味,我经历的所有的一切是一段我在职工舍间里虚构出来的平行人生。我想,我感觉自己变成了其他人的每一个时刻,我的真实自己则身处于职工宿舍的墙面之间。或许因为我知道自己并不真实存在,为了苏醒过来,而不断啃咬自己。

这份感觉如此真实,以至于我害怕睁开自己的双眼。当我真正睁开自己的眼睛时,我会发现自己要么身处职工宿舍,要么在一处被照片包围了的空池子的底部,照片上则展示着我满是咬痕的身体。

当我睁开自己的眼睛时,我在巴士上。我掰扯自己的脸颊,离开冰冷的窗户玻璃。我们行驶在一条黯黑无光的道路上。窗玻璃如同一座空白的照片画框悬挂在我的身侧,窗外是漆黑一片。我的倦意逗留不去。我不知道自己在哪一部巴士上。在前往那片街区的巴士上,驶向终点?在回家的巴士上?在曾经的那部去往伊斯坦布尔的巴士上,去往我成为摄影师的梦之首都?或是在去往安卡拉展出的巴士上?我是一名婚礼摄影师,还是一名摄影艺术家?我的照相馆是位于购物中心内,还是在那片街区上?我是否在自己的闲暇时间里解开了填字游戏,或是为展出做好了准备?我是否收听了糟糕的音乐，或者是闭路音乐系统迫使我进行了收听？我是生活在职工宿舍里，自己的屋子里，还是那个侍应生的屋子里？我有否俯身，还是昂首而立？

或早或晚，当我在终点站醒来时，我会了解到自己身在何处。当我念及终点站时，我想到了两件事情：那座位于城市边缘的、荒废不堪的巴士站点，和自己皮肤上淤青了的印记。我已经因为思考而变得疲惫了。因为想到并感受到自己的思绪被人读取……我的双目盯视着窗外的漆黑。这一次，我感觉到自己真的可以做到。我集中注意力，什么都不去想。直到我的脑海里不剩下哪怕一丁点的、会被他人读取的思绪。

2008—2010　伊斯坦布尔

图书在版编目（CIP）数据

暗房/(土) 哈坎·比恰克奇著;白玮琪译. -- 上海:上海文艺出版社,2019.3
(新丝路文库)
ISBN 978-7-5321-7050-0

Ⅰ.①暗… Ⅱ.①哈… ②白… Ⅲ.①长篇小说－土耳其－现代 Ⅳ.①I374.45

中国版本图书馆CIP数据核字(2019)第086541号

Copyright ©2010 by Hakan Bıçakcı
Published in agreement with Kalem Agency through The Grayhawk Agency.
著作权合同登记图字：09-2019-103

发 行 人：陈　徵
出 版 人：张　翔
责任编辑：朱艳华
封面设计：周伟伟

书　　　名：暗　房
作　　　者：(土) 哈坎·比恰克奇
译　　　者：白玮琪
出　　　版：上海世纪出版集团　上海文艺出版社
地　　　址：上海绍兴路7号　200020
发　　　行：上海文艺出版社发行中心发行
　　　　　　上海市绍兴路50号　200020　www.ewen.co
印　　　刷：常熟市华顺印刷有限公司
开　　　本：700×1000　1/16
印　　　张：9
插　　　页：2
字　　　数：77,000
印　　　次：2019年3月第1版　2019年3月第1次印刷
I S B N：978-7-5321-7050-0/I·5637
定　　　价：35.00元
告 读 者：如发现本书有质量问题请与印刷厂质量科联系　T:0512-52605406